Kate Walker

Honor, deseo y amor

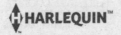

Editado por Harlequin Ibérica.
Una división de HarperCollins Ibérica, S.A.
Núñez de Balboa, 56
28001 Madrid

I.S.B.N.: 978-84-687-6144-2
Depósito legal: M-11741-2015
Impresión en CPI (Barcelona)
Fecha impresion para Argentina: 14.12.15
Distribuidor exclusivo para España: LOGISTA
Distribuidor para México: CODIPLYRSA
Distribuidores para Argentina: Interior, DGP, S.A. Alvarado 2118.
Cap. Fed./Buenos Aires y Gran Buenos Aires, VACCARO HNOS.

Capítulo 1

YA SABE por qué estoy aquí.

Clemmie solo sabía que la voz del hombre era tan profunda y oscura como su pelo, sus ojos y su corazón. Era grande, ancho y peligrosamente fuerte, y ocupaba toda la puerta. Sin embargo, no sabía por qué parecía peligroso. Tenía el cuerpo relajado, las manos metidas en los bolsillos de los vaqueros desgastados y nada era amenazante. Además, su rostro, aunque duro, no era de los que le recordaban a un asesino en serie o a un vampiro. Aunque los asesinos en serie no encajaban en la leyenda de que el malo también tenía que ser feo, y ese hombre no tenía nada de feo. Más bien, era impresionante, la encarnación de la palabra «sexy». Era un hombre con una virilidad que la alcanzaba directamente en todo lo que ella tenía de femenino y la estremecía, pero una vez que se le había metido la idea de un vampiro en la cabeza, sombrío, devastador y peligroso, ya no había manera de que se la sacara. Era algo relacionado con su mirada fría, directa e inflexible. No podía entenderlo y eso hacía que se estremeciera más, aunque esbozó una sonrisa que esperó fuese cortés sin resultar demasiado estimulante.

—¿Cómo dice?

Si él había captado el tono de rechazo que había intentado darle a sus palabras, no lo demostró y su rostro enigmático permaneció inmutable. Se limitó a dirigirle otra de sus miradas gélidas.

–Ya sabe por qué estoy aquí –repitió él con un énfasis evidente.

–Creo que no.

Ella estaba esperando a alguien y había estado temiéndolo desde hacía semanas, desde que empezó a acercarse el momento de celebrar su vigesimotercer cumpleaños. Si «celebrar» era la palabra indicada para señalar el día que significaría el final de su vida antigua y el inicio de la nueva. El inicio de la vida que sabía que llegaría, aunque había intentado no pensar en ella, sin conseguirlo. La idea de cómo iba a ser su futuro había flotado sobre ella como un nubarrón y le había ensombrecido todos los días que la habían acercado al momento en el que su destino cambiaría. Sin embargo, había rezado para que él no llegara tan pronto, para poder tener unos días, un mes habría sido perfecto, antes de que el destino que su padre le había preparado cuando era demasiado joven la atrapara en una existencia muy distinta.

La persona que había estado esperando, temiendo, era muy distinta a ese hombre devastador y sombrío. Era mucho mayor y nunca habría aparecido vestido de esa forma tan indiferente a lo que exigía el protocolo y la seguridad. Lo cual, le parecía perfecto porque la inesperada llamada a la puerta la había sorprendido sin siquiera haberse cepillado el pelo después de habérselo lavado y sin haber tenido tiempo para quitarse el pintalabios que se había probado, y que le parecía demasiado llamativo.

–No tengo ni idea de quién es ni de qué hace aquí.

Si quiere venderme algo, no me interesa. Si está haciendo campaña, no voy a votar a su partido.

—No vendo nada.

—En ese caso...

Ya estaba bien. Si él no iba a explicarle qué hacía allí, ella no pensaba perder más tiempo. Estaba muy ocupada cuando esa llamada apremiante la llevó hasta la puerta y, si seguía allí, llegaría tarde a la fiesta de Harry y él no se lo perdonaría jamás.

—Le agradecería que se marchara.

Fue a cerrar la puerta. Fuese impresionante o no, había invadido su mundo en el peor momento posible y no tenía ni un segundo para sí misma, no le quedaba tiempo entre ella y el futuro, ese destino que le había parecido tan lejano. Tenía que terminar de hacer el equipaje y tenía que organizar el traspaso legal de la casa de campo y de todo lo que iba a abandonar. Eso, además, en el supuesto de que pudiera convencer al hombre que esperaba de verdad de que le concediera dos días más. Cuarenta y ocho horas significarían muy poco para él, salvo un retraso en la misión que tenía que cumplir, pero lo significaría todo para ella... y para Harry. Se le formó un nudo en la garganta al acordarse de la promesa que le había hecho a Harry la noche anterior. Le había prometido que estaría allí y que no permitiría que nada se interpusiera en su camino, y no lo permitiría. Tenía el tiempo justo para acompañarlo en ese momento especial y para volver a casa, para afrontar ese destino del que no podía escapar por mucho que lo hubiese soñado, para afrontar un futuro que se había firmado como un tratado de paz entre personas mucho más poderosas de lo que ella sería en toda su vida. Lo único que lo hacía soportable era saber que Harry nunca quedaría atrapado como le había pasado a ella. Su padre no sabía nada de él y ella haría cualquier cosa para que no lo descubriera.

Sin embargo, eso había sido antes de que recibiera la noticia de que el visitante que tanto había temido se presentaría mucho antes de lo que ella había previsto. Cuarenta y ocho horas antes, las cuarenta y ocho horas vitales que necesitaba. Además, allí estaba ese hombre impresionante e inoportuno que le invadía la poca privacidad que le quedaba y que estaba entreteniéndola cuando tenía que estar haciendo otras cosas.

—Márchese ahora mismo —añadió ella con una tensión que nunca habría mostrado en otras circunstancias.

Fue a cerrar la puerta, tenía ganas de cerrársela en las narices, y la desasosegante convicción de que, si no se libraba de él en ese momento, iba a estropearle completamente sus planes.

—Creo que no.

Ella se quedó boquiabierta cuando la puerta chocó contra un obstáculo inesperado y se dio cuenta de que él había metido una bota entre la puerta y el marco. Además, una mano con dedos largos y poderosos surgió como un rayo y la empujó con una facilidad pasmosa, a pesar de que ella se resistía con todas sus fuerzas.

—Creo que no —repitió él en tono grave y amenazante—. No voy a marcharme a ninguna parte.

—Entonces, ¡será mejor que se lo piense dos veces! —exclamó ella desafiantemente con un brillo dorado en sus ojos color bronce.

Karim Al Khalifa había esperado tener algún problema con esa mujer. Su forma de desligarse de la corte y la vida que llevaba en un país extranjero, al

margen del protocolo y las medidas de seguridad, in-
dicaban que la tarea no iba a ser tan sencilla como le
había hecho creer su propio padre. Clementina Savanevski, o Clemmie Savens, el nombre que empleaba
en su escondite rural de Inglaterra, sabía cuál era su
obligación, o debería saberlo. Sin embargo, había eludido esa obligación y había estado viviendo despreo-
cupadamente por su cuenta, lo cual indicaba que se
tomaba muy a la ligera la promesa de su familia, demasiado a la ligera.

En ese momento, cuando estaba viéndola cara a
cara, le parecía entender el motivo. Había dejado a un
lado la dignidad y discreción que se esperaba de una
posible reina de Rhastaan. Solo llevaba una camiseta
amplia y desteñida y unos vaqueros tan raídos que tenían algunos agujeros. El pelo, largo y moreno, le
caía sobre los hombros y la espalda sin orden ni con-
cierto, pero de una forma tan asombrosa como sensual. Su rostro tenía unas manchas oscuras alrededor
de los ojos color ámbar y los labios pintados de un
llamativo color carmesí. ¡Y qué labios! Inesperadamente, asombrosamente, sus sentidos se aguzaron, el
corazón le dio un vuelco y le costó respirar. Su propia boca la abrasó como si hubiese estado en contacto
con esos labios carnosos y rojos. Instintivamente, se
pasó la lengua por el labio inferior.

–¡Llamaré a la policía!

Ella volvió a ponerse junto a la puerta para que él
no pudiera acercarse. Eso hizo que él se fijara en sus
pies. Eran largos, elegantes, con la piel dorada... y
con las uñas pintadas de un tono rosa increíblemente
brillante. También captó un perfume floral, pero con
un inesperado matiz especiado y sexy.

–No hace falta –replicó él con la voz ronca por tener seca la garganta–. No voy a hacerle nada.

–¿De verdad espera que me lo crea? –preguntó ella mirando el pie que seguía entre la puerta y el marco–. ¿Le parece que eso es un comportamiento normal?

El tono de ella era casi tan hosco como el de él, aunque se imaginaba que por motivos distintos. Ella estaba descargando su furia sobre él. Entonces, se acordó de un gato callejero que había visto esa mañana en un aparcamiento. Era negro y estilizado y le había bufado desafiantemente cuando él se acercó. Estaba haciéndolo muy mal. Su táctica, minuciosamente elaborada, se había esfumado y había enfocado el asunto de una forma equivocada. No había esperado que fuese tan hostil y desafiante. Había perdido el dominio de sí mismo que tenía siempre porque estaba desasosegado por la situación que había dejado en su país, estaba preocupado por la salud de su padre y, además, lo habían obligado inesperadamente a hacer eso.

También se reconoció que llevaba demasiado tiempo sin una mujer. No había pasado ninguna por su cama desde que Soraya se largó acusándolo de no estar nunca a su lado. De no estar nunca, punto. Naturalmente, no lo había estado. ¿Cuándo había tenido el tiempo o la posibilidad de estar con alguien que no fuera su padre o el país del que se encontraba siendo heredero de una forma tan brutal como inesperada? Los problemas que habían surgido repentinamente habían absorbido cada segundo de su tiempo y lo habían obligado a asumir las obligaciones de su padre, además de las propias. Si no, no estaría allí voluntariamente.

También tenía que reconocer que no había esperado que fuese tan sexy. Naturalmente, había visto fotos de ella, pero ninguna transmitía la sensualidad de esos ojos como bronce fundido, de esa piel dorada, del pelo negro y despeinado ni de su perfume embriagador. Su boca se le había hecho agua y sus sentidos habían cobrado vida en un abrir y cerrar de ojos.

No. Se recompuso inmediatamente. No podía pensar eso ni por un segundo. Daba igual que esa mujer fuese la más sexy del mundo, como aseguraban sus instintos, ella no era para él. Estaba vedada para él. Estaban en las orillas opuestas de un abismo y, sinceramente, lo mejor era que siguiesen así. Según lo que había oído, ella era un problema demasiado grande como para que compensara un placer esporádico. Además, él ya tenía demasiado sobre su conciencia.

–Le pido disculpas –dijo él dominando la voz con la esperanza de que los demás sentidos hiciesen lo mismo–. No voy a hacerle nada.

–¿Cree que, si lo repite muchas veces, tendré que creerlo? Dicen que cuando se protesta demasiado es porque lo contrario es verdad.

Él no supo si lo había dicho para distraerlo, pero le había dado resultado. Perplejo, retiró el pie y ella empujó la puerta, se dio media vuelta y entró en la casa. Si pudiera llegar al teléfono, podría llamar a la policía. Si no, podría salir por la puerta de la cocina. No se creía que no quisiera hacerle nada. Estaba segura de que sería un problema. Impresionante o no, había algo que le decía que era muy peligroso. Sin embargo, también sabía que no había conseguido cerrar la puerta, no había oído el portazo. Había entrado en el pasillo y estaba detrás de ella. Todos sus músculos se pusieron en tensión esperando que la agarrara de los hombros, pero, increíblemente, oyó que él se paraba mientras ella entraba en la cocina.

–Clementina.

Eso no se lo había esperado. No había esperado que él empleara su nombre completo, algo que no hacía nadie en Inglaterra. El nombre que nadie sabía que era su nombre verdadero. Se quedó petrificada en medio de la diminuta cocina.

–Clementina, por favor.

¿Por favor...? Tenía que estar oyendo cosas raras. Él nunca diría algo así.

–No voy a avanzar más –siguió él–. Voy a quedarme aquí para que hablemos. Me llamo Karim Al Khalifa.

Ella lo oyó entre un zumbido en la cabeza. Ella había estado esperando oír ese nombre, o uno tan parecido que creyó que él había dicho lo que había previsto ella.

–Ahora sé que está mintiendo.

Ella lo dijo por encima del hombro y comprobó que, efectivamente, se había parado en la puerta de la cocina.

–No sé cómo sabe que estaba esperando que viniera un emisario del jeque Al Khalifa, pero he visto una foto de él y es como dos veces mayor que usted y tiene barba. Tengo la foto en el ordenador, en el correo electrónico...

–Lo era –le interrumpió él tajantemente–. En pasado.

–¿De qué está hablando?

Ella se dio la vuelta para mirarlo a los ojos e interpretar lo que había dentro de su atractiva cabeza. Se arrepintió inmediatamente. Sus ojos parecían de hielo negro y se le encogió el estómago. Además, notó que sus nervios se ponían en tensión por una reacción completamente distinta. Una reacción muy femenina y sensual que le atenazaba la garganta, aunque no por miedo. Una reacción que era lo último del mundo que quería sentir, o que no debería reconocer que estaba sintiendo.

–Del hombre que iba a venir, pero ya no va a venir.

–¿Y cómo sabe...? –empezó a preguntar ella hasta que se quedó muda.

Ese hombre sabía muchas cosas de su situación, pero ¿cuáles eran sus fuentes? Se puso nerviosa en otro sentido. Su cabeza daba vueltas a tratados de paz, a la situación internacional y a fuertes tensiones entre países. Se le humedecieron las manos y se las pasó por los muslos. Él miró ese movimiento delator y ella se puso más nerviosa todavía.

–Lo sé porque lo organicé yo –contestó él sin inmutarse–. Mi padre dio las órdenes y le dio instrucciones a Adnan para que viniera a por ti. También mandó su foto para que supieras quién iba a venir. Al menos, eso era lo que se organizó... hasta que todo cambió.

–¿Cambió?

Parecía como si estuviese quedándose sin fuerzas y casi se imaginó que acabaría siendo un charco en el suelo. Adnan era el nombre del hombre que el jeque Al Khalifa había dicho que enviaría para que la llevara sana y salva a Rhastaan, y ella necesitaba que garantizaran su seguridad. A nadie como a su padre le complacía tanto ese posible matrimonio. El jeque Ankhara, cuyas tierras lindaban con Rhastaan y quien siempre había querido el trono para su hija, no había ocultado que lo sabotearía si podía. El jeque Al Khalifa, Karim había dicho que era su padre, temiendo que pudiera ser una amenaza, había organizado que un hombre de su confianza la escoltara para entregarla a Nabil. Sin embargo, en ese momento, Karim estaba diciendo que había cambiado los planes. ¿Quería decir eso que algo había salido mal?

–¿Quieres sentarte?

Él fue hasta el fregadero, tomó un vaso y lo llenó de agua.

–Toma...

Le puso el vaso en la mano, pero se la rodeó con su propia mano cuando los dedos se negaron a agarrarlo y estuvo a punto de dejarlo caer al suelo.

–Bebe –le ordenó él llevándole el vaso a los labios.

Ella consiguió dar un sorbo muy pequeño, pero le costó tragar el agua. Él estaba demasiado cerca. Si tomaba aire, podía oler su piel y la loción para después del afeitado. Notaba la calidez de sus manos y toda su piel se estremecía. Además, si miraba sus ojos negros, podía verse reflejada, pálida y diminuta. No le gustaba esa imagen, que contrastaba con el cuerpo alto y poderoso que le creaba un torbellino en la cabeza.

–¿Usted... dijo que es su padre?

Él se limitó a asentir con la cabeza. Seguía con el vaso cerca de sus labios, sin atosigarla, pero dejando claro que creía que tenía que beber más. Se debatía entre aliviar la tensión que le atenazaba la garganta o arriesgarse a tener náuseas al intentar tragar al agua. Consiguió dar otro sorbo y apartó el vaso. Se pasó la lengua por el labio inferior, pero no se sintió mejor, sobre todo, cuando vio que él clavaba los ojos en su boca y se le aceleraba el pulso en la base del cuello. ¿Era posible que él estuviera sintiendo la misma reacción que la había abrasado por dentro al sentir su contacto?

–¿Y quién es su padre exactamente?

–Sabes su nombre, acabas de hablar de él.

–He hablado del jeque Al Khalifa, pero no puede... –ella volvió a quedarse muda al ver que él asentía rotundamente con la cabeza–. No... No puede... ¡Demuéstrelo!

Él encogió sus enormes hombros, sacó una cartera del bolsillo de la cazadora, la abrió y se la enseñó.

–Me llamo Karim Al Khalifa. Shamil Al Khalifa es mi padre y también es el hombre que iba a mandarte el emisario que estabas esperando, ¿no?

Ella solo podía mirar fijamente el permiso de conducir y las tarjetas de crédito.

–Pero si él... –Clemmie sacudió la cabeza como si no pudiera asimilarlo–. ¿Por qué iba mandarlo a usted... su hijo...?

Si Karim era el hijo del jeque, también era un príncipe tan rico y poderoso, si no más, que Nabil, quien era el responsable de esa situación.

–Esperaba a alguien de su equipo de seguridad. Alguien que se ocupara de que llegase sana y salva a Rhastaan y...

–Y te reunieras con tu futuro marido.

Karim terminó la frase y dejó muy claro que conocía la situación, que él también sabía lo que estaba pasando.

–Hubo que cambiar los planes en el último momento –añadió él.

–¿Por qué?

–Porque hubo que hacerlo.

Karim se incorporó y ella comprendió que no iba a darle más explicaciones. Él fue al fregadero, vació el vaso y lo dejó en el escurridor. Entonces, Clemmie sintió frío al no notar la calidez de su cuerpo cerca de ella.

–Y esos planes implican que no podemos perder ni un minuto –siguió él por encima del hombro, sin siquiera mirarla–. Espero que hayas hecho el equipaje, como decían las instrucciones, porque tenemos que marcharnos ahora.

–¿Ahora? –ella se levantó de un salto. «Como decían las instrucciones». ¿Quién se creía que era?–. Imposible, no puede ser.

–Te aseguro que sí lo es.

Ella había pensado discutirlo, o hablarlo al menos, con el hombre que debería haber llegado a su casa. Todavía faltaban nueve días para su cumpleaños. Era menos de un mes, pero esos días eran cruciales.

–El contrato entre mi familia y los gobernantes de Rhastaan entra en vigor el tres de diciembre, el día que cumplo veintitrés años.

–Ese día llegará pronto y ya estaremos en Rhastaan cuando tengas la edad.

Lo sabía todo de ella. ¿Eso debería tranquilizarla y darle a entender que tenía controlada la situación? No la tranquilizaba lo más mínimo. Sabía que alguien iría a buscarla algún día. Se decidió, firmó y rubricó hacía trece años, cuando el hijo del jeque de Rhastaan tenía cinco años y ella casi diez. Los prometieron, mediante un contrato, para que se casaran cuando Nabil llegara a la mayoría de edad. Ella había disfrutado de unos años de libertad, y había terminado una carrera universitaria, mientras sus padres esperaban a que su futuro marido tuviese la edad para casarse y para subir al trono de su propio reino. Ese momento había llegado, pero, por favor, todavía no. Había pensado que podría discutirlo con el hombre que habían mandado, que podría imponer un poco su autoridad y conseguir un par de días antes de marcharse. El hombre que había creído que iría a recogerla, un hombre mayor y un hombre con familia, como había esperado, podría ser alguien comprensivo, alguien que le permitiría cumplir la promesa que le había hecho a Harry. Sin embargo, ese hombre sombrío, lustroso y peligroso como una pantera... ¿escucharía una sola palabra de lo que quería decir y le daría alguna oportunidad? Lo dudaba. Sobre todo, cuando no podía decirle, ni a él ni a nadie, toda la verdad. Era vital que la existencia de Harry fuese un secreto absoluto. Si alguien lo descubría, el futuro del niño estaba en peligro.

Entonces, ¿cómo podía convencerlo?

—Necesito unos días.

Él la miró como si acabara de decir algo muy gracioso, y ella se sintió como un insecto al que podía pisar en cualquier momento. Lo miró desafiantemente a los ojos.

—Además, ¿puede saberse quién es usted para darme órdenes?

—Ya te lo he dicho, soy Karim Al Khalifa, príncipe coronado de Markhazad.

Evidentemente, creía que iba a impresionarla, pero no podía estar más equivocado. Se había criado durante mucho tiempo en la familia real que algún día sería su familia. Había sido una existencia estéril y rígida con muy pocos momentos de libertad. Su padre se había propuesto que supiera comportarse y seguir el protocolo de la corte. La habían formado para su papel. Cuando se casara, estarían a la misma altura y ella sería reina enseguida.

–Príncipe coronado... ¡Vaya! Entonces, ¿por qué está aquí haciendo recados?

A él no le había hecho ninguna gracia. Sus ojos pasaron de ser hielo negro a ser una llamarada negra en un abrir y cerrar de ojos y, paradójicamente, le habían helado la sangre.

–Estoy representando a mi padre, no haciendo recados. Como representante de mi padre, insisto en que hagas el equipaje y te prepares para que nos marchemos.

–Puede insistir lo que quiera. No pienso ir a ninguna parte con usted y le recomiendo que se dé la vuelta y se marche de aquí.

–Y yo no pienso marcharme sin ti.

¿Cómo era posible que esa boca tan sensual y maravillosa pudiera conseguir que una afirmación tan sencilla pareciera la amenaza más espantosa de la historia?

–He venido a por ti y voy a marcharme contigo. Ni más ni menos.

Capítulo 2

REALMENTE iba a complicárselo más de lo que había llegado a imaginarse? Le costaba creerse que esa chica descarriada iba a dificultarle tanto las cosas. Además, lo peor de todo era que no podía decirle por qué estaba él allí ni los problemas y peligros que le habían obligado a ocuparse él mismo en vez de dejarlo en manos de Adnan, quien, aunque era del equipo de seguridad, no era el hombre indicado para esa tarea. Sobre todo, desde que había descubierto que estaba a sueldo de Ankhara. Entrecerró los ojos y miró a Clementina preguntándose qué podía contarle, qué sabría ella sobre el jeque Ankhara y sus ambiciones de sentar a su hija en el trono de Rhastaan. Él tenía la certeza de que, si Adnan hubiese ido a recogerla, como se había pensado en un principio, habría habido un desdichado accidente en el viaje de vuelta, algo que le habría impedido casarse.

Clementina no parecía una flor delicada que se desmoronaría si se enteraba de los riesgos que conllevaba sacarla de allí para llevarla a Rhastaan y entregarla a su futuro marido. Al contrario, había estado desafiándolo como una preciosa gata salvaje que se sentía acorralada. Aunque fuese esbelta y tuviese el pelo sedoso, se engañaría si creía que era una gatita.

Si intentaba tocarla, lo más probable era que lo ara-
ñara con rabia, en vez de dejarse acariciar entre ron-
roneos. Se imaginó, por un instante, que arqueaba la
elegante espalda bajo sus manos y la sangre le bulló
por un apetito carnal que no había sentido desde hacía tiempo.

¡No! No debería sentir eso por esa mujer. No podía sentir eso por la prometida del joven rey de Rhastaan. Infringía todas las leyes del honor y la confianza. Por eso se había apartado de ella hacía un
rato, cuando el gesto instintivo de ofrecerle agua se
había convertido en una especie de prueba a su resistencia contra la sensualidad. Estaba tan cerca que podía sentir la calidez de su cuerpo y ver la palpitación
de su pulso en la base de su cuello. Cuando ella se
movió, captó su delicado aroma y un mechón de su
pelo le rozó la barba incipiente, abrasándolo por dentro de una forma casi insoportable. La deseó tanto que
fue casi doloroso. Nunca había deseado tanto a una
mujer, pero ni podía ni debía sentir algo así por ella.
Estaba vedada para él y lo mejor que podía hacer era
montarla en un avión donde estuviese segura, llevarla
a Rhastaan y entregarla a su novio lo antes posible.

–¿Vas a hacer el equipaje? –preguntó él con la voz
ronca por todo lo que estaba reprimiendo.

No la miró a los ojos aunque sabía que eso era
lo que quería ella. Quería desafiar, cara a cara, todo lo
que él dijera. ¿Realmente era tan irresponsable? ¿Le
importaban tan poco las consecuencias de sus actos
que lo desafiaría por mera maldad? ¿Pondría en peligro todo lo que había intentado lograr tanta gente
por un capricho egoísta? Le habían permitido vivir
un tiempo con las riendas excepcionalmente sueltas,

pero incluso para controlar al purasangre más magnífico había que sujetar la brida con fuerza y emplear las espuelas con suavidad. No se podía permitir que Clementina Savanevski, quien pronto sería la reina Clementina de Rhastaan, siguiera desbocada, y, si había alguien que podía dominarla, ese era él. Por eso lo había mandado su padre para que llevara a cabo esa misión.

–¿Y bien?

–Ya he hecho el equipaje –contestó ella para sorpresa infinita de él.

Había esperado que siguiera rebelándose y, si era sincero, le había decepcionado un poco que no hubiese levantado la barbilla para mirarlo a los ojos con ese brillo color ámbar. Había esperado con cierta ansia la batalla para dominarla.

–¿De verdad? Entonces, ha llegado el momento...

–Pero no para marcharme de aquí –lo interrumpió ella–. He hecho una bolsa para pasar la noche fuera.

–No es suficiente. Tienes que llevarte todo lo que quieras llevarte porque no vas a volver aquí.

–Se equivoca.

Ella apretó los labios con una firmeza sorprendente y sacudió la cabeza atormentándolo otra vez con ese aroma sutil y floral.

–Voy a marcharme una noche y luego volveré para hacer todo mi equipaje. Mire... –ella se calló cuando él abrió la boca para rebatirla– puedo explicarlo.

–Puedes intentarlo.

Karim tuvo que hacer un esfuerzo para no agarrarla de los brazos y montarla en el coche. Eso cumpliría con la exigencia de llevarla camino de Rhastaan lo antes posible, pero incumpliría la otra parte del plan, que era llevarla del punto A al B con el menor jaleo y publicidad posible. Si la secuestraba, que era como ella lo interpretaría, reaccionaría con fuerza y, probablemente, se dejaría llevar por el pánico. Con toda certeza, ella no lo aceptaría en silencio. Si empezaba a gritar para pedir ayuda o para llamar a la policía, aunque fuese en ese pueblo tan pequeño, llamaría la atención sobre quiénes eran y a dónde iban.

—No vas a ir a ningún sitio. Ni una noche ni un minuto.

—Pero... Por favor...

Repentinamente, había cambiado el tono y, evidentemente, quería engatusarlo, pero lo más asombroso era que él había cambiado de actitud solo por oír ese tono casi delicado. Quería oírlo más, podía imaginársela murmurando en la cama, susurrando tentadoramente en la oscuridad de su habitación, y esa no era la imagen que le convenía en ese momento.

—¿Nunca ha tenido que mantener una promesa hasta el punto que haría cualquier cosa para llevarla a cabo?

—Claro que sí –contestó él con el ceño fruncido. Precisamente por eso estaba allí–. Pero...

—Entonces, sabrá cómo me siento en este momento. Hice una promesa...

—¿A quién?

—A Harr... A alguien –se corrigió ella precipitadamente y con espanto por haber estado a punto de desvelar la verdad–. Alguien que me importa de verdad.

Había estado a punto de decir el nombre de alguien. ¿Sería de un hombre? ¿Harry? Alguien que le importaba de verdad.

—Nada importa... –Karim empezó a hablar en un

tono inflexible y con una expresión inconmovible–. Nada debería importar tanto como las promesas que hiciste, como tu compromiso con Nabil.

–Lo sé todo sobre mi compromiso con Nabil y le aseguro que... –se le formó un nudo en la garganta y tuvo que tragarlo–. Le aseguro que pienso cumplirlo.

No tenía otra alternativa si no quería deteriorar las relaciones entre dos poderosos reinos, si no quería que rompieran las hostilidades y que la reputación de su familia acabara por los suelos. ¿Acaso no se lo había metido su padre en la cabeza desde que firmó los documentos? Él había hecho que pareciera una obligación sagrada, pero, cuando tuvo quince años, se dio cuenta de todo lo que sacaba él, de que vivían rodeados de un lujo que había conseguido vendiendo a su hija.

–Pero no todavía.

–Dentro de nueve días cumplirás veintitrés años –le recordó él en un tono gélido–. No puedes retrasarte más. Has disfrutado de la libertad un tiempo, pero ha llegado el momento de que pienses en tu deber.

–¡Qué piense en mi deber! –exclamó Clemmie con desesperación–. ¿Cree que he podido hacer otra cosa? ¿Cree que he podido olvidarlo?

–Entonces, sabrás por qué...

–¡Me han dado rienda suelta! Parece como si fuese un portillo salvaje al que hay que domar.

La expresión de él fue muy elocuente. Efectivamente, eso era lo que le parecía.

Ella no había podido decirle a nadie por qué había querido marcharse de Markhazad. Había tenido que marcharse mientras había podido. Una vez casada, cuando fuese reina, viviría entre los muros del palacio sometida al control y la voluntad de su marido, y habría perdido la última oportunidad de estar un rato con el otro miembro de su familia; el niño que le había robado el corazón por completo.

–Vas a ser reina y deberías aprender a comportarte como tal.

–¿Al revés que mi madre? –preguntó ella en tono desafiante.

Todos los que conocían su historia tenían que saber que su madre, que era inglesa, se había escapado de la corte dejando a su marido y a su hija, y que nadie había vuelto a verla. Clemmie hizo una mueca al acordarse de lo que sintió al verse abandonada por la única persona que la defendía de los excesos de su padre. Habían sido los peores años de su vida y hasta hacía muy poco, hasta que recibió una carta de su abuela materna después de que esta muriera, no había sabido que su madre había tenido que huir por el hijo imprevisto y que había decidido ocultar a su marido. Él era un secreto que estaba dispuesta a mantener costara lo que costase.

Sabía lo poco que la había valorado su padre porque solo era una hija. No tenía ni necesidades ni sueños propios. Para él, su único valor estaba en el mercado del matrimonio, para venderla al mejor postor. Temblaba solo de pensar lo que él podría haber hecho si supiera que ella tenía al hijo con el que había soñado.

–¡Me comportaré como una reina cuando lo sea! Hasta entonces...

Vio que él fruncía más el ceño y sintió un escalofrío. Creía saber lo que estaba pensando, pero no se atrevió a desafiarlo para que no la interrogara más, para no decir algo que pudiera delatar a Harry y sus circunstancias.

–No hay un «hasta entonces». A partir de este momento, eres la futura reina de Rhastaan y me han mandado para que te lleve allí para tu boda y tu coronación.

–¡Pero lo he prometido! Si él...

–Él... –Karim se aferró a la palabra con un brillo en los ojos–. ¿Quién es él?

Clemmie se mordió el labio inferior por lo cerca que había estado de descubrirse. Tenía que tener cuidado. No llevaba ni media hora con ese hombre, pero ya era evidente que no se le podía engañar fácilmente.

–Nadie. Solo es un amigo que he conocido aquí, en Inglaterra. Va a ser su cumpleaños y le prometí que iría a su fiesta.

–¿Y crees que puedes retrasar nuestro viaje, los planes para la recepción y la boda por una fiesta?

–¡Pero lo prometí! Le haría mucho daño y...

–¿Y esperas que me lo crea? –le preguntó él con una mirada gélida–. Que estés a punto de convertirte en reina no significa que tenga que creerme tus cuentos de hadas.

–No es un cuento de hadas. Tengo que...

Ella se quedó muda al darse cuenta del peligro de revelar lo que tenía que hacer.

–¿Tienes que...? ¿Qué es más importante que esa boda y el futuro del tratado de paz?

Su familia, su hermano pequeño, Harry... Las palabras le retumbaron en la cabeza y le revolvieron el estómago, pero hacía un momento se le había ocurrido algo en un destello de inspiración. Quizá diese resultado y estaba dispuesta a intentar cualquier cosa.

–¿Quién es ese hombre? ¿Tu amante?

Era algo tan ridículo que estuvo a punto de reírse. ¿De verdad creía que había ido a Inglaterra para encontrarse con un hombre? Sin embargo, quizá le viniese bien que lo creyera por el momento. Al menos, lo alejaría de la verdad y entretanto...

–De acuerdo. Usted gana –concedió ella con la esperanza de haber parecido convincente–. Al parecer, no puedo hacer nada. Iré a terminar el equipaje. ¿Por qué no hace café o algo así? Si nos vamos de viaje, podríamos beber algo antes.

Él la miró con recelo y no se movió mientras ella pasaba a su lado para subir las escaleras. Caminó ruidosamente por el pequeño dormitorio que estaba a la izquierda del descansillo y que, afortunadamente, no estaba encima de la cocina. Estaba segura de que Karim Al Khalifa seguiría de pie, como un cazador al acecho, y que estaría escuchando todos los sonidos que llegaban del piso superior. Abrió y cerró las puertas del viejo armario de pino e hizo ruido con las perchas, aunque no hiciese falta. La pequeña bolsa que había preparado seguía encima de la cama, pero Karim estaría esperando que hiciera más equipaje para marcharse con él para siempre. La idea hizo que revolviera las perchas con más rabia y con ganas de tirarle algunas a su atractiva cabeza.

Karim Al Khalifa. Él nombre le retumbó en la cabeza y se detuvo a pensar. Era el hijo del jeque, un amigo del difunto padre de Nabil, quien había organizado todo eso. ¿Por qué alguien tan importante, un príncipe coronado, había ido a cumplir una misión como esa? Él no se lo había explicado.

–¡Clementina!

La voz de Karim, imperiosa e impaciente, subió por la estrecha escalera. Él había captado su silencio y no estaba dispuesto a esperar mucho más.

–¡Ya está casi! Me falta un minuto.

Tenía que largarse de allí. Se colgó la bolsa del cuello, agarró el bolso y se encaramó a la ventana entreabierta. Karim sería grande y poderoso, pero ella tenía una ventaja. De niña había pasado algunas vacaciones en Inglaterra, para visitar a su abuela materna, y había llegado a conocer como la palma de su mano esa vieja casa. En la pared había una espaldera con una hiedra lo suficientemente crecida y fuerte para aguantar su peso, aunque ya no tenía trece años. Con suerte, podría bajar por ahí y montarse en el coche antes de que él se diera cuenta de que el cuarto que tenía encima se había quedado en silencio. Sin embargo, pensó en algo más mientras abría del todo la ventana. Eso no era algo exclusivamente personal, había implicaciones políticas y tratados internacionales. Se estremeció al pensar en los problemas que podría ocasionar si desaparecía sin más, en las repercusiones de su conducta para su país, para él... Había un bloc de notas y un bolígrafo en la mesilla. Garabateó cinco palabras y su firma.

–¡Clementina!

Karim estaba perdiendo la poca paciencia que tenía.

–Un minuto. ¿Prefiere subir para hacerme el equipaje?

El corazón se le subió a la garganta solo de pensar en que él subiera a su dormitorio, pero se tranquilizó cuando oyó el gruñido de él.

–Date prisa.

–¡Ya voy!

Dejó la nota en medio de la cama para que él tuviera que verla, fue hasta la ventana con los pies descalzos, salió de espaldas y tanteó con los pies hasta que encontró los espacios de la espaldera que sujetaba la hiedra contra la pared. Rezó para que todavía la aguantara, las dos tenían diez años más y ella era más alta y pesada. Contuvo el aliento y empezó a bajar por la hiedra hasta que llegó al suelo, en la parte trasera de la casa.

–Por el momento, todo va bien... –susurró con un suspiro de alivio.

Su desastrado Mini rojo estaba aparcado a unos metros, cerca del descomunal todoterreno negro que estaba justo delante de la puerta principal. Un coche tan lustroso y poderoso como su dueño. Abrió la puerta del conductor, dejó el bolso y la bolsa en el asiento trasero, entró y metió la llave en el contacto casi antes de haberse sentado. Cuando el motor empezara a rugir, Karim lo oiría con toda seguridad y no tendría otra oportunidad. Sin siquiera ponerse el cinturón de seguridad, quitó el freno de mano, apretó el acelerador y salió por el camino a una velocidad de vértigo. Le pareció ver que él salía a la puerta, pero no tuvo tiempo de comprobarlo. Tenía que concentrarse en la carretera.

–¡Allá voy, Harry!

Las piedras de la gravilla saltaban debajo de los neumáticos por el camino que la llevaba a la autopista y a la libertad. Al menos, por el momento.

Capítulo 3

CUANDO Clemmie se desvió de la autopista para dirigirse al pueblo otra vez, estaba cayendo una copiosa nevada y a los viejos limpiaparabrisas les costaba apartarla para que pudiera ver la carretera. Solo llevaba algo más de nueve meses en Inglaterra, casi todos con un tiempo mucho mejor, y no estaba acostumbrada a conducir en esas condiciones. Además, el coche, bastante viejo, no era el más indicado para un clima tan adverso. Como se había escapado de su casa cuando se enteró de la existencia de Harry, no se llevó mucho dinero ni quiso usar la tarjeta de crédito para que no pudieran seguir su rastro. Por eso, se compró el coche más barato que pudo pagar, una decisión que le pareció sensata en su momento, pero de la que ahora se arrepentía. Sobre todo, cuando el motor empezó fallar y las ruedas resbalaban sobre la carretera helada. Ojalá tuviera el potente y recién estrenado todoterreno que había llevado a Karim a su casa. No habría tardado nada en recorrer la distancia entre la pequeña ciudad donde vivía Harry y el aislado pueblo donde ella se había instalado provisionalmente.

Karim... Se olvidó de todo solo por pensar en él y el coche invadió peligrosamente el carril contrario hasta que sacudió la cabeza y se acordó de dónde estaba. Sin embargo, los nervios le atenazaban las entrañas ante la idea de encontrarse con él otra vez. Karim Al Khalifa estaría esperándola. Quizá no estuviese en su casa, pero ella sabía que aparecería en la puerta en cuanto se diese cuenta de que había vuelto y que se la llevaría a Rhastaan, a casarse. El coche volvió a dar un bandazo y el gruñido que dejó escapar el motor hizo que pusiera una mueca de preocupación. Ya no podría ganar más tiempo ni esperar un indulto. Enseguida iba a cumplir veintitrés años y Nabil era mayor de edad desde hacía un mes. Habría que cumplir la promesa que se habían hecho sus respectivos padres. Había que celebrar el matrimonio que se había concertado hacía tantos años o las consecuencias serían inimaginables. Además, habían mandado a Karim para que se ocupara de que ella cumpliera su palabra.

Se acordó de cómo era Nabil la última vez que lo vio. Era un chico desgarbado, poco más que un niño, con la mirada esquiva, con una leve sombra debajo de la nariz y con una boca hosca. Sin embargo, quizá hubiese cambiado desde la última vez que lo vio en la corte. Además, era injusto acordarse de él cuando también se acordaba de Karim, alto, musculoso, con una voz grave y sexy, con unas manos poderosas y elegantes, con unos ojos negros y penetrantes y con unas pestañas tupidas y asombrosas.

–¿Qué estoy haciendo? –se preguntó en voz alta.

Agarró el volante con tanta fuerza que los nudillos se pusieron blancos. En lo alto de la colina, casi oculta por la ventisca, pudo ver el contorno de su casa, de su hogar. Al menos, eso debería sentir cuando volvía a la seguridad, la calidez y el confort después de un viaje largo y complicado. Esa casita de campo había sido el único hogar, o algo parecido, que había conocido. Las vacaciones que había pasado con su abuela inglesa le habían permitido vislumbrar levemente lo que era la libertad lejos de las reglas y el protocolo de la corte. Acostumbrada al calor abrasador de Balakhar y Rhastaan, le habían encantado el silencio, la tranquilidad y los campos verdes que podía divisar desde lo alto de la colina. Con su abuela había vivido de una forma mucho más sencilla y distinta. No se había dado cuenta plenamente de lo distinta que había sido hasta que había visto la infancia feliz y tranquila de Harry con sus padres adoptivos. Ellos no tenían nada parecido al lujo que había conocido ella, pero sí tenían un tesoro inmenso: el amor que se profesaban, y la libertad que ella estaba dispuesta a defender para Harry costara lo que costase.

Sin embargo, la casa de campo ya no le parecía un hogar, le parecía como si se acercara a la guarida de un león, y Karim Al Khalifa era el depredador que había convertido su hogar en un sitio hostil. Sin embargo, el problema era que no pensaba en él como en ese depredador. Ni siquiera lo recordaba como el arrogante representante del jeque de Markhazad, con una mirada gélida y los dientes apretados. En ese momento, solo podía verlo como el hombre que era, y menudo hombre. El pulso se le aceleró al acordarse de lo cerca que lo había tenido y del olor de su piel. No era un hombre con el que convenía estar en el reducido espacio de su casa de campo. Era una tentación en estado puro y ella no podía sentirse tentada, ni en ese momento ni nunca.

Por un instante, se planteó darse la vuelta para

volver a la casa donde había dejado a Harry, feliz, seguro y agotado después de la emoción por su fiesta de cumpleaños y de lo bien que se lo había pasado. Arthur y Mary Clendon, sus padres adoptivos, la ayudarían y la acogerían...

—¡No! —exclamó ella.

No podía faltar a la palabra que le había dado a su padre y al jeque. Por mucho que le aterrara pensar en su porvenir, había hecho una promesa y tenía que cumplirla. Si no, otra persona iría a buscarla, y Karim la había encontrado muy fácilmente. Además, también encontrarían a Harry.

La memoria tenía que estar jugándole una mala pasada. Era imposible que Karim fuese tan devastador, tan sexy. Aunque, al parecer, esa noche no iban a refrescarle la memoria. Cruzó las maltrechas verjas de hierro y aparcó a un lado de la casita. No había ni rastro del descomunal coche de Karim y las luces de la casa estaban apagadas. Evidentemente, había decidido buscar un sitio más cómodo. Sintió una punzada en el pecho, pero no supo si fue de alivio o de decepción. Decidió no darle más vueltas por si acaso, apagó el motor y comprendió que los ruidos que había estado oyendo eran los últimos estertores de su viejo coche. La nieve, que se amontonaba junto a la casa y tapaba el estrecho camino, había sido la puntilla. Se bajó y se hundió en la nieve casi hasta la rodilla. El agua y el frío entraron en los zapatos, sintió un escalofrío, agarró la bolsa y fue corriendo hacia la casa. Naturalmente, no estaba cerrada con llave. El día anterior se había marchado precipitadamente para escapar de Karim y solo le había importado llegar a la carretera, no cerrar la puerta. Entró tambaleándose por una ráfaga de la ventisca y agradeció que la anticuada calefacción central la hubiese mantenido caliente durante su ausencia. Miró por la ventana y vio que la nieve ya estaba depositándose en su coche.

–Esta noche no iré a ninguna parte –dijo en voz alta mientras colgaba el abrigo de un gancho que había en la pared.

¿Significaba eso que Karim tampoco podría llegar allí? ¿Tenía una noche más de libertad? Abrió la puerta de la sala pensando que necesitaba un café y algo de comida antes de plantearse lo que iba a hacer. Sin embargo, antes encendería la chimenea para que mantuviese la casa caliente durante la noche. No sabía si podía confiar en la calefacción y ya había dormido algunas noches en el sofá delante de los rescoldos.

–Buenas noches, Clementina.

Una voz grave y sombría, que reconoció al instante, le llegó desde el extremo opuesto de la habitación. Ella, presa del pánico, se dio media vuelta para clavar el dedo en el interruptor de la luz, aunque ya sabía lo que iba a ver y le aterraba. Una cosa era darse cuenta de que Karim estaba allí esperándola en silencio, pero era muy distinto verlo allí sentado, imponente, orgulloso, sombrío, peligroso y con esos ojos negros como el carbón clavados en ella. Llevaba unos vaqueros distintos y un jersey gris de cachemir que se ceñía a las líneas talladas de su poderoso pecho. Una ropa sencilla, pero de tanta calidad que contrastaba con la tapicería raída de la butaca donde casi ni cabía ese hombre que era el hijo de un rey. También tenía una tableta electrónica que apagó antes de dejarla sobre sus rodillas.

–Buenas noches, Clementina –repitió él esbozando

una sonrisa fugaz y amenazadora–. Me alegro de que hayas vuelto a casa.

¿Había cierto tono de duda en su voz? ¿Estaba provocándola para darle a entender que ese era el último sitio donde había esperado verla?

–¡Dije que volvería! –exclamó Clemmie con indignación–. Además, dejé una nota.

Él asintió con la cabeza y tomó un papel que había en la mesa que tenía al lado. Ella reconoció la nota y no pudo evitar estremecerse al pensar en cómo se habría puesto él cuando la encontró.

–Volveré mañana –leyó él en voz alta–. Lo prometo.

–Lo prometí y lo he cumplido.

–Es verdad.

Karim tuvo que reconocer que le había sorprendido. Se había preparado para que ella hubiese incumplido todo lo que había prometido y hubiese dejado las cosas en la situación más peligrosa y complicada posible. Incluso, había elaborado algún plan alternativo por si eso sucedía. Al fin y al cabo, ya tenía planes de emergencia antes de partir a Inglaterra y le habría bastado un par de llamadas para que el equipo de apoyo entrara en acción. Había estado a punto de hacer esas llamadas cuando subió a su dormitorio para llevársela aunque no hubiera terminado de hacer el equipaje y vio la ventana abierta. Oyó el motor del coche que se alejaba de la casa, pero, entonces, vio la nota en la cama.

–¿No... creías que volvería?

–Si soy sincero, no.

Dejó la tableta, se levantó y estiró los músculos. El dispositivo localizador que había dejado en su coche había funcionado bien y, cuando supo que se dirigía a su casa, se sentó a esperarla.

–¿Acaso me diste algún motivo para que confiara en ti? –añadió él.

–Mmm... No.

Ella miró hacia otro lado y se mordió el labio inferior. Él quiso llevar la mano a su boca para que no hiciera ese gesto de nerviosismo, pero se contuvo aunque sus dedos anhelaban ese contacto. Ya podía sentir la calidez de su cuerpo, el olor de su piel y la descarga eléctrica en todo el cuerpo. La deseaba con tal voracidad que casi no podía dominarla.

–Salí corriendo detrás de ti.

Si no conociese ya su voz, su olor y esos ojos color ámbar, podría haber pensado que no era Clementina, sino una hermana gemela idéntica que había sustituido a su hermana más impetuosa y menos convencional. Esa mujer era más impasible. Llevaba una coleta lustrosa que le caía por la espalda y su piel de porcelana no llevaba nada de maquillaje, como tampoco lo llevaban sus ojos dorados. Esa mujer era una princesa, una futura reina de los pies a la cabeza. A pesar de que su vestimenta volvía a ser más que desliñada, unos vaqueros con agujeros en las rodillas y un jersey rosa que había encogido tanto que le permitía vislumbrar el firme abdomen color melocotón, era alta, elegante y diabólicamente hermosa. Sin embargo, lo miró a los ojos y él captó un brillo desafiante.

–¡Dejé una nota y solo pedía veinticuatro horas más!

La Clementina impetuosa había vuelto y le encantaba, aunque no había podido mostrarlo. Lo había alterado cuando ya estaba trastornado por las noticias sobre su padre, sobre Nabil y sobre su jefe de seguridad.

–¿Tan perjudicial era concederme eso? –añadió ella en tono desafiante.

–No, si hubiese estado seguro de que solo querías esas veinticuatro horas de verdad.

–Fue lo que dije, ¿no? Pero no me creíste.

–Dependía de lo que quisieras hacer en ese día, a dónde querías ir. Ya te habías escapado una vez del palacio. ¿Cómo iba a saber si pensabas esconderte en otro sitio o si se pensabas volver?

–Dije que volvería –replicó ella mirándolo con una mezcla de rabia y compasión–. Tiene que ser un infierno ser tan receloso con todo el mundo. ¿Confías en alguien? ¿Crees en alguien?

Creyó en Razi. Karim no pudo evitar pensar en eso. Había confiado en su hermano, pero había sido el peor fracaso de su vida. No había podido evitar dos muertes. Su vida había dado un vuelco absoluto. Había adoptado un papel nuevo que nunca había deseado. Incluso, estuvo a punto de tener que casarse por cumplir con su deber.

–No tenía motivos para creer en ti.

Los recuerdos sombríos hicieron que lo dijera con una frialdad gélida, y el ambiente dentro de la habitación se enfrió tanto como la ventisca que soplaba fuera.

–Además, no podía saber que ibas a ir a una fiesta de cumpleaños en Lilac Close –añadió él.

Si antes le había parecido que sus ojos eran impresionantes, en ese momento, cuando los tenía como platos, le parecieron increíbles. La había desarmado y eso le produjo cierta satisfacción que compensaba que se hubiese escapado sin que hubiese llevado a cabo su misión. Se había quedado pálida y su rostro contrastaba con el pelo negro y esas pestañas inconcebibles.

−¿Cómo lo sabes? −preguntó ella con la voz ronca porque tenía la garganta seca.

Ella no sabía con quién estaba tratando y la satisfacción por haberla trastocado de esa manera hacía que le bullera la sangre.

−Fue fácil.

Ella se quedó mirándolo fijamente y él fue hasta la puerta principal y la abrió. La tormenta de nieve lo sacudió. Esa mañana, cuando volvió a la casa de campo, no era tan virulenta. Habían caído bastantes centímetros mientras había estado dentro esperando a que ella llegara. No le extrañó que la señal en su ordenador hubiese sido intermitente. Aun así, salió y fue hasta el pequeño y viejo coche, que ya tenía las ruedas medio cubiertas por la nieve.

¿Qué estaba haciendo? Se preguntó Clemmie mientras algo más frío que el viento del exterior le recorría toda la espalda. Era algo consustancial a Karim, era su forma gélida de mirarla y el tono insensible de su voz. Lo habían enviado para recogerla y solo estaba concentrado en eso, como un sabueso que seguía el rastro de su presa. Nunca la soltaría. Sin embargo, ¿cómo había sabido dónde estaba? ¿Qué implicaba eso para la seguridad de Harry? Perpleja, vio que Karim se arrodillaba en la nieve y rebuscaba debajo del morro del coche. Llevaba unos vaqueros tan ceñidos que deberían estar prohibidos. Sobre todo, cuando se tenía un trasero como el de ese hombre... ¿En qué estaba pensando? No podía creerse que algo así se le hubiese pasado por la cabeza. Sabía desde muy pequeña que nunca podría elegir a su pareja, a su marido. Además, también sabía que era esencial que se mantuviese respetable y que no se viese mezclada en ningún escándalo. Nunca había tenido la libertad de disfrutar de la compañía de los chicos, como las otras chicas, y nunca se había permitido pensar en esas cosas. En cambio, se había concentrado en los libros que la absorbían y en las lecciones de su tutor. Nunca la habían dejado salir a clubs o al cine, como las otras chicas, y se había perdido las charlas sobre chicos, moda e, incluso, música. Sin embargo, le había bastado conocer a Mary Clendon durante unos meses, quien era seis años mayor que ella, para que su punto de vista cambiara y aprendiera muchas cosas, aunque no había creído que hubiese cambiado hasta ese punto. Nunca había pensado algo así de un hombre... y tenía que empezar a pensarlo del hombre más inadecuado.

Entonces, Karim se levantó, se quitó la nieve de las rodillas y se dirigió hacia la casa. Parecía como si se abriese paso por una cortina blanca, y esa sensación tan incómoda que había brotado dentro de ella debería diluirse en la nieve, pero la realidad era justo la contraria. El contraste con la delicadeza de la nieve hacía que pareciera más fuerte y más sombrío que nunca. Tenía la cabeza agachada contra el viento y el corazón le dio un vuelco cuando llegó a la puerta. Entró y se sacudió el cuerpo y el pelo como un animal salvaje que se refugiaba de una tormenta.

–Toma.

Él le entregó algo tan pequeño que lo sujetó por mero instinto.

–¿Qué...? –preguntó ella mirando un disco metálico sin entender nada–. ¿Qué es esto?

Lo miró a los ojos y hubo algo en la expresión de esa boca tan sensual que le abrió los ojos. La tableta que estaba mirando cuando ella entró, la especie de mapa que ella había vislumbrado mientras él la dejaba, el cursor que parpadeaba para indicar dónde... dónde estaba ella.

—¡Un localizador! —exclamó ella con un arrebato de furia e indignación.

¿Podía imaginarse él cómo se sentía? La había perseguido y localizado como si fuese una delincuente, pero ¿por qué iba a importarle a él cómo se sintiera?

—¡Es una porquería de localizador! —volvió a exclamar ella tirándoselo sin importarle que le alcanzara en la cara.

Él no se inmutó, casi, ni parpadeó.

—¡Y no frunzas el ceño! —siguió ella al ver que juntaba las cejas como si censurara la vehemencia de sus palabras—. ¿Qué es una palabra malsonante en comparación con esto? ¿Acaso las princesas de tu país no dicen palabras malsonantes?

Él apretó los labios y ella se dio cuenta de que había cometido un error.

—Entonces, recuerda que eres una princesa, que pronto serás reina.

Él lo dijo haciendo hincapié en los títulos y con una frialdad solo comparable a la de la corriente que entró por la puerta abierta. Ella sintió un escalofrío, él cerró la puerta con un pie y el repentino silencio fue desasosegante. El pasillo era pequeño y él parecía más imponente todavía. El olor de su piel fue como una droga que le secó la boca con la cabeza dándole vueltas.

—Y tú, según tú, eres un príncipe, un príncipe coronado si no recuerdo mal.

Un príncipe coronado que conocía esos dispositivos de seguridad. Eso, si era el príncipe que decía ser. Un arrebato de miedo, muy parecido al pánico, se adueñó de ella. ¿Podía haberle mentido y no ser quien decía que era? ¿Habría hecho algo muy estúpido? Él estaba entre la puerta y ella y no podía escapar. El miedo se mezcló escandalosamente con un destello de algo que no cabía en una situación así. ¿Cómo podía sentirse excitada por imaginarse que esas manos la agarraban de los brazos y la estrechaban contra él? De repente, le pareció que le sobraba el jersey de angora. Hacía demasiado calor en la casa, ¿o sería el calor que le llegaba de dentro?

–Soy quien dije que era –replicó él como si le diese igual lo que había dicho ella.

–Entonces, ¿por qué conoces esas cosas? –Clemmie miró al suelo y empujó el disco con la punta de una bota–. ¿Es una afición que tienen los príncipes coronados de hoy en día?

–No siempre fui un príncipe coronado. Tenía un hermano que se llamaba Razi.

En pasado... Eso le heló la sangre y el corazón le dio otro vuelco al ver la desolación de su rostro.

–¿Qué pasó? –ella hizo un esfuerzo para preguntarlo porque la respuesta era evidente.

–Murió –contestó él tan tajante y lacónicamente como un martillazo.

–No... –ella acababa de conocer a Harry y no podía imaginarse lo que sería perder a un hermano–. Lo siento.

Alargó una mano instintivamente, pero no llegó a tocarlo cuando la miró con sus ojos gélidos antes de mirarle el rostro otra vez.

–Yo era experto en seguridad –le explicó él inexpresivamente–. Estaba encargado de la defensa y, sobre todo, de la seguridad de mi hermano.

–Pero murió, ¿le fallaste?

Ella lo preguntó por los nervios. Unos nervios que se tensaron al máximo cuando vio que su rostro se ensombrecía y unas arrugas se formaban alrededor de la nariz y la boca.

–Murió en un accidente de coche. El accidente lo provocó su manera de conducir.

Eso era todo lo que iba a decir, aunque ella estaba segura de que tenía que haber más, que lo escondía detrás de los dientes apretados.

–Yo...

Clemmie empezó a hablar, pero vio que Karim miraba el reloj y fruncía el ceño de una manera distinta.

–Ya teníamos que estar de camino.

–Pero, tengo que hacer el equipaje...

–¿Crees que voy a tragármelo otra vez? Ya tienes la bolsa que te llevaste para pasar la noche. Todo lo demás que necesites, lo recibirás por el camino. Nabil ya ha mandado ropa para su princesa. Está esperándote en el avión.

Ella pudo imaginarse la ropa que sería. Ropa tradicional que le cubriría todo el cuerpo. Se habían acabado los días de vaqueros, camisetas y el pelo suelto. Las puertas del palacio de Rhastaan ya estaban cerrándose alrededor de ella, mucho antes de que estuviera preparada.

–Entiendo. Entonces, vámonos.

Era inútil discutir. Karim no iba a ceder ni en eso ni en nada más por mucho que se lo pidiera.

–Antes tendrás que mover el coche –comentó Karim–. Está tapándome la salida. Aunque pensándolo bien... –agarró las llaves que ella había dejado en la mesita del recibidor–. Yo lo moveré, y no pienses siquiera en intentar escaparte.

–¡No iba a escaparme! Solo... –se calló. ¿Acaso sabía adónde había ido y por qué?–. Solo pedí veinticuatro horas y dije que volvería. He vuelto y no pienso escaparme. Tienes que creerme.

Curiosamente, él la creyó, al menos, en ese momento. El día anterior había tenido una opinión muy distinta de ella; había estado enfadado, había tenido que pensar en muchas cosas y no quería cargar con la responsabilidad de recoger a la novia fugada de Nabil. Los problemas de corazón de su padre, y las sospechas de que se debían a la tensión por la muerte de su hijo mayor y heredero, habían sido la gota que había colmado el vaso. No podía olvidarse de que, si no hubiese accedido a las exigencias de su hermano para que no tuviese seguridad personal, Razi podría seguir vivo. Sin embargo, en ese momento se sentía distinto, y no era solo porque ella había vuelto como había prometido. La nueva Clementina, más serena y digna, era muy distinta a la mujer rebelde y desafiante que se había escapado en cuanto pudo.

Sin embargo, instintivamente, le había concedido las veinticuatro horas que le había pedido. El dispositivo localizador le había indicado que estaba en Lilac Close y algunas pesquisas discretas le habían desvelado que era amiga de la familia que vivía allí, que estaba celebrando el cumpleaños de su hijo pequeño.

Él decidió darle esa oportunidad y esperar. Sorprendentemente, se alegraba de haberlo hecho. Además, cuando se abrió la puerta y ella entró, algo cambió dentro de él. Algo inesperado e inquietante. Algo que prefería no afrontar cuando tenía que entregarla a su futuro marido para que su padre pudiera descansar al menos por eso. Ya se había retrasado veinticuatro horas y tenían que ponerse en camino. Sin embargo, salió y se dio cuenta de que iba a ser imposible. Las ruedas del coche de Clementina estaban medio cubiertas por la nieve y el camino que llevaba a la carretera había desaparecido. Afortunadamente, su todoterreno estaba aparcado detrás de la casa, pero tenía que sacarlo hasta la carretera... El motor del diminuto coche no funcionaba. Cada vez que giraba la llave, dejaba escapar unos estertores y se quedaba mudo.

–¿Pasa algo? –le preguntó Clementina, quien también había salido y lo miraba por la ventanilla.

–¿Tú qué crees? –él volvió a girar la llave, pero el coche ni se inmutó esa vez–. Este coche no va a ir a ninguna parte esta noche –añadió él mirando el cielo con el ceño fruncido.

–A lo mejor, si me pongo al volante y tú empujas...

–Podemos intentarlo.

–Muy bien –ella se apartó precipitadamente de la puerta que estaba abriéndose–. Me sentaré al volante y... ¡Ay!

Ella pisó una placa de hielo escondida bajo la nieve, se resbaló, cada pierna fue en una dirección y acabó cayéndose en medio de la ventisca.

Capítulo 4

K ARIM!
El grito fue tan angustiado que tenía que ser sincero. Él salió del coche todo lo deprisa que pudo.

–Clementina...

Ella intentaba levantarse, pero se resbalaba y volvía a caerse con un leve gemido.

–¿Qué te duele? –le preguntó él al darse cuenta de que le dolía algo.

–El tobillo.

Ella estaba mordiéndose el labio inferior y él tuvo que desviar la mirada hacia su tobillo derecho para contener las ganas de llevar una mano a su boca para que no hiciese eso.

–Me lo he torcido...

No se veía nada, excepto algo de piel blanca, unos huesos delicados en la base de una pierna esbelta y tentadora... Le pasó la mano por el tobillo, se lo apretó un poco y tuvo que hacer un esfuerzo para sofocar la reacción que lo abrasaba por dentro.

–¿Puedes levantarte?

Él supo que se lo había preguntado con aspereza y ella levantó la barbilla desafiantemente.

–Puedo intentarlo.

No tomó la mano que le había ofrecido él y, tozudamente, se agarró al parachoques mientras se levantaba. Sin embargo, apoyó el peso en el tobillo dañado y soltó un grito de dolor.

–Muy bien... –murmuró él mientras la tomaba en brazos–. Te llevaré adentro.

Karim notó que ella se ponía en tensión y quería resistirse, hasta que se dio cuenta de que no iba a poder hacerlo sola y se relajó entre sus brazos. Él agradeció tener que andar con cuidado por el hielo y por la ventisca, eso hacía que no pensara en la calidez y delicadeza del cuerpo de ella, en el olor embriagador de su piel y en la suavidad del pelo que le acariciaba la mejilla.

Aun así, no supo si se sintió aliviado o molesto cuando entró en la casa y se dirigió a la sala. La tumbó precipitadamente en el sofá sin importarle que pareciera que estaba deseando librarse de su peso. Efectivamente, estaba aliviado, pero no porque pesara demasiado. Había llevado pesos mucho mayores y a más distancia, pero nunca había llevado algo que le acelerara el corazón y le entrecortara la respiración de esa manera, como si hubiese corrido un maratón.

–Te quitaré la bota.

Clemmie se alegró de que no se viera el pulso en el tobillo. Si no, sería evidente el efecto que tenía en ella que él estuviera tan cerca, que estuviera tocándola y que su aliento le acariciara la piel. Las entrañas se le retorcían y tenía los nervios en tensión. Era la primera vez que veía toda su imponente fuerza al servicio de algo muy distinto, de algo delicado y considerado. Cuando la tomó en brazos, notó como si estuviese rodeada por un escudo que la protegía de la tormenta de nieve. Además, estar estrechada con-

tra la calidez de su pecho fue como recibir el abrazo
más fuerte y maravilloso que había recibido jamás, y
con los latidos de su potente corazón bajo la mejilla.
Entonces, solo había sentido calidez, pero, en ese
momento, sentía escalofríos y oleadas de un calor
abrasador, como si tuviera una fiebre delirante. La
sangre le hervía de una forma primitiva y visceral
que hacía que perdiera el dominio de sí misma. Nunca
había sentido nada parecido y eso la asombró y alteró
tanto que se soltó de Karim y se sentó con ganas de
salir corriendo.

–Ya lo haré yo misma –replicó ella con indignación para disimular lo que sentía de verdad.

Quería alejarse todo lo posible de Karim, pero se
apartó y, sorprendentemente, se encontró perdida, necesitaba mucho la calidez protectora de su cuerpo.

–Puedo hacerlo yo...

Soltarle la bota y sacársela del pie no era un problema, pero ella prefería verlo como un conflicto
para no fijarse en la verdadera batalla que se libraba
dentro de ella. Tenía el corazón desbocado y la respiración alterada.

–¿Te pasa algo?

Él había oído su respiración y lo había interpretado
mal. Sin embargo, ella quería que lo interpretara así,
¿no?

–Estoy bien.

No le sonó convincente ni a ella misma y dejó escapar un leve lamento cuando él le quitó la bota y la
tiró al suelo.

–Es posible que sea un esguince, está hinchado.

¡No! Había sido un error. Sus largos dedos estaban
acariciándole otra vez el tobillo.

–Creo...

Otro error. Él había levantado la cabeza y la miraba a los ojos. Veía sus pestañas tupidas con una nitidez absurda y también se veía reflejada en lo más profundo de esos ojos increíbles. Además, olía a una mezcla de limón y almizcle que hacía que la cabeza le diera vueltas.

–¿Qué crees?

Él lo había preguntado con la voz ronca y se había pasado la lengua por los carnosos labios. ¿Tenía la garganta tan seca y le costaba tanto tragar como a ella?

–Es posible que se pueda reducir la hinchazón con algo frío.

–Buena idea –él se levantó tan deprisa y con tanta satisfacción que a ella le dolió–. Así podremos salir de aquí.

¿Tenía que dejarle tan claro que lo único que le importaba era ponerse en camino? Evidentemente, se había engañado a sí misma al creer que él podía estar reaccionando ante ella como ella reaccionaba ante él. Una idea necia y disparatada. ¿Qué iba a interesarle de ella a un hombre como Karim, como el príncipe coronado Karim Al Khalifa? Ella llevaba vaqueros desgastados, un jersey y el pelo despeinado y, normalmente, suelto. Ella era más feliz entre libros y cuadros que en los clubs y bares que les gustaban a sus amigos. Ella tenía que llevar su inocencia e ignorancia en lo relativo al sexo opuesto como una señal en la frente y mostrarla ante cualquier gesto inesperado o mirada insinuante. Un hombre como Karim estaría rodeado de mujeres elegantes y sofisticadas. Sería como Nabil, a quien ya habían visto con modelos y actrices, aunque era mucho más joven. Él podía hacer lo que quisiera antes de atarse a un matrimonio que les habían concertado a los dos.

–Guisantes –comentó ella sin disimular el tono brusco–. El congelador...

Pudo señalar con la mano hacia la cocina y él se alejó en esa dirección dándole tiempo para que recuperara el aliento y para que intentara aplacar el corazón.

–Una bolsa de guisantes congelados podría dar resultado.

Él no necesitaba la explicación y ya estaba rebuscando entre las bolsas y recipientes del congelador.

–Si tengo guisantes...

Entonces, se le ocurrió algo y no pudo contener las ganas de reírse que le brotaron en el pecho.

–¿Qué pasa?

Él no lo preguntó en un tono tan enfadado como antes. En realidad, su tono transmitía cierta calidez, ¿o estaba engañándose y eso era lo que quería oír?

–¿De qué te ríes? –insistió él.

–No puedo creerme que estemos intentando encontrar una bolsa de guisantes congelados cuando hay tanta nieve y hielo ahí fuera. ¿No puedes llenar una bolsa y ponérmela alrededor del tobillo?

–Podría servir, pero... –Karim sacó algo del congelador–. No son guisantes, pero estoy seguro de que los granos de maíz tendrán el mismo efecto. Tienes muy poca comida en el congelador –siguió él mientras se acercaba para agacharse al lado de ella.

–Estaba acabándola, estaba preparándome para mudarme a... Rhastaan... ¡Ay!

Él le había puesto la bolsa helada en el tobillo con

una falta de delicadeza sorprendente, justo lo contrario que hasta ese momento.

–¿Te ha dolido?

Clemmie negó con la cabeza y con miedo de que sustituyera el maíz congelado por ese contacto cálido, perturbador y peligroso de sus manos.

–No, me ha sorprendido el frío, pero estoy segura de que ayudará.

–Más vale que ayude porque tenemos que marcharnos de aquí.

Parecía como si el rato que había tardado en rebuscar en el congelador le hubiese helado el alma, pero lo más probable era que ella hubiese dado rienda suelta a su imaginación cuando creyó que había captado cierta calidez que le suavizaba el tono.

–No estarás pensando en salir esta noche. ¿Te has vuelto loco? ¿Alguna vez has conducido en condiciones como estás?

–Ya he vivido y conducido en Europa antes.

Sin embargo, Karim tuvo que reconocer que nunca había conducido en medio de una ventisca como aquella. En circunstancias normales, se quedaría donde estaba, pero esas circunstancias no eran normales. La situación en la que lo habían metido su padre, Nabil y Clementina no tenía nada de normal, y su reacción a ella tampoco tenía nada de normal. Le despertaba una voracidad que le atenazaba las entrañas. ¡Maldita fuese!

Se levantó y dejó de mirarla mientras ella sujetaba la bolsa alrededor el tobillo. No podía soportar ver cómo se mordía el labio con preocupación ni la inesperada vulnerabilidad de sus ojos, era algo que lo dejaba sin dominio de sí mismo. Era un estúpido, se dijo mientras se dirigía hacia la puerta. Debería haberlo sabido, y lo sabía, pero convencerse de que eso no iba a suceder le costaba cada vez más. Hacía demasiado tiempo que no estaba con una mujer. Eso también era parte del caos en el que se había convertido su vida durante los últimos seis meses, de esa versión inversa de lo que había sido su existencia y de lo que nunca volvería a ser.

Quizá recuperara el sentido de la realidad mientras estaba fuera intentando arrancar el coche otra vez. El frío, el viento y la nieve tendrían que enfriarle la sangre y esperaba que para siempre. Cuando la miró a los ojos y vio el tono violeta oscuro, una oleada abrasadora le arrasó los sentidos y le derritió el cerebro. Había sido tan fuerte que se había olvidado por un instante de quién era ella y de por qué estaba él allí. Había conseguido que se diese cuenta de que había dejado a un lado sus necesidades para ocuparse de otras cosas. En ese momento, esas necesidades volvían como un alud y en la forma de una mujer que era la última persona del mundo hacia la que podía sentir eso.

La nieve se arremolinó alrededor de su cara en cuanto abrió la puerta y se protegió con las manos. No podía ver casi a través de la cortina blanca, pero tampoco pensaba darse la vuelta. Esa resistencia al frío y ese esfuerzo eran los únicos antídotos que se le ocurrían contra la impotencia que se adueñaba de él. ¿Hasta cuándo?

Clemmie no podía luchar contra la inquietud que la dominaba desde que Karim había desaparecido por la puerta y la había cerrado dando un portazo. Tenía que saber lo que estaba pasando y cuándo iban a po-

nerse en camino. Estaba anocheciendo y la habitación estaba oscura, pero había intentado levantarse
para encender la luz y había tenido que dejarse caer
en el sofá otra vez por el dolor en el tobillo. Sin embargo, tendría que intentarlo otra vez si las cosas seguían así. También empezaba a hacer frío y estaba
quedándose helada ahí sentada.

Iba a intentar levantarse otra vez cuando la puerta
se abrió de par en par y Karim apareció en el recibidor. Un Karim que se parecía más a un muñeco de
nieve que a una persona.

–¡Por fin! –exclamó ella–. ¿Vamos a marcharnos?

Era inevitable, para eso había ido él, para llevársela a Rhastaan. Aun así, no podía permitir que el dolor que la atenazaba por dentro le hiciera pensar en
lo que sentía por tener que iniciar ese viaje hacia una
vida que no había elegido, aunque sí había sabido
que sería la suya. Además, iba a dejar allí al único fa-
miliar verdadero que había conocido. Su padre no
contaba porque siempre la había considerado una
marioneta para sus maniobras políticas y su madre la
había abandonado sin mirar atrás.

–¿Me pongo el abrigo?

Si le había temblado la voz, él lo habría atribuido
a que estaba intentando levantarse. Ni ella entendía
por qué se le había alterado el pulso al darse cuenta
del contraste entre la nieve y el poder sombrío que
transmitía el resto del cuerpo de Karim, de su imponente figura en el marco de la puerta iluminada por
la luz que colgaba del techo.

–No.

Lo dijo en un tono tan frío y cortante como el viento
que entraba por el recibidor y acababa con la poca ca-

lidez que quedaba en la habitación. Se estremeció, pero no fue solo por una reacción física. ¿Dónde estaba el hombre que se había reído con ella por la bolsa de maíz congelado?

–Pero había pensado que...

–No pienses –le interrumpió él tajantemente.

Se quitó el chaquetón cubierto de nieve y golpeó el suelo con los pies haciendo un ruido amenazante.

–Tampoco digas nada salvo que tengas alguna idea brillante para mover un par de metros ese montón de chatarra al que llamas «tu coche».

–¡No es un montón de chatarra! –se indignó ella–. No todos podemos tener un lujoso todoterreno.

Su coche sería viejo y estaría un poco destartalado, pero era suyo y había significado su libertad cuando más la había necesitado.

–Tú habrías podido si hubieses querido, si te hubieses quedado con tu padre en Rhastaan, como la reina de Nabil...

Eso si Nabil le hubiese permitido conducir, se dijo a sí misma. Aunque joven, él era lo bastante tradicional como para querer que su esposa solo saliese a la calle con una acompañante o con él mismo. Las mujeres de Rhastaan no habían podido conducir durante el reinado de su padre, ¿se lo permitirían después?

–Ahora me pregunto por qué... –ella se calló cuando cayó en la cuenta de algo preocupante y perturbador–. ¿Mi coche no se mueve?

–Ni un centímetro. Como mi coche está detrás, nosotros estamos atrapados. A no ser que consiga que vengan a rescatarnos de un garaje. ¿Tienes el número de alguno?

Él señaló el anticuado teléfono que había en la

mesa del recibidor y a ella se le cayó el alma a los pies.

—Eso no servirá de nada. Di de baja la línea como parte de los preparativos para marcharme. He estado confiando en mi móvil aunque no se pueda confiar mucho en la cobertura.

Sacó el teléfono del bolsillo, miró la pantalla y se lo entregó con un gesto de decepción.

—Nada. ¿El tuyo? ¿La tableta? Estaba funcionando cuando llegué.

Él pasó el pulgar por su móvil, pero con el mismo resultado. No había ni una sola barra de cobertura, lo mismo que le pasaba a la tableta.

—Tampoco hay conexión a Internet. Esta tormenta ha arrasado con todo. Así que, por el momento, estamos prisioneros hasta que algo cambie.

Ella deseó que no hubiese empleado la palabra «prisioneros». Sonaba demasiado aterradora en un momento como ese, cuando estaba aislada en esa casa de campo diminuta con un hombre tan sombrío e inflexible como Karim Al Khalifa.

—Entonces, ¿qué...?

Iba a preguntarle qué más podía pasar, pero, justo en ese momento, la luz que iluminaba el recibidor parpadeó, dio un chasquido y se apagó.

—¡Karim! —exclamó ella en la oscuridad.

Gritó su nombre con pánico y llevada por un instinto que le había brotado de un lugar profundo e inesperadamente primitivo. La oscuridad era casi impenetrable y el único atisbo de luz llegaba por la que se reflejaba en la nieve al otro lado de la ventana. Intentó levantarse del sofá y resopló con dolor cuando se apoyó en el tobillo lesionado.

–Estoy aquí.

Él encendió la pantalla de su móvil y la dirigió hacia su propia cara, que apareció entre unas sombras grotescas. Sin embargo, ella nunca se había alegrado tanto de ver a alguien. Esa casa de campo, que siempre había sido segura y su hogar, en ese momento le parecía algo completamente distinto. La realidad se había adueñado de su refugio y había sido Karim quien había introducido esa realidad, ese mundo. Aun así, le parecía que podía acudir a él y se alegraba de que estuviese allí. El día anterior, sin ir más lejos, había invadido su vida y la había alterado, pero sin él se habría encontrado perdida en un mar tan desenfrenado como la tormenta que azotaba fuera. Karim le parecía casi como parte de esa tormenta. Era severo y vigoroso como una criatura indomable que había surgido de la noche y que llenaba la pequeña casa con su imponente presencia. Era extraño que su piel dorada, su nombre y su acento llegaran de una tierra soleada y calurosa, pero, aun así, allí, en la oscuridad de esa ventisca incontrolable, tenía una fuerza que parecía comparable a la de los elementos. Ese era su hogar y él era un intruso, pero agradecía su mera compañía física en medio de la oscuridad y el frío.

–Se ha ido la luz... –era una sandez y algo evidente, pero fue lo único que se le ocurrió–. ¿Estás seguro de que no podemos salir de aquí esta noche?

–Completamente.

Había comprobado los interruptores y los enchufes para cerciorarse de que no era la bombilla o algún cable del recibidor.

–¿Tienes una linterna? –le preguntó él con los dientes apretados para no mostrar su enojo–. ¿Tienes velas? Yo tengo que conservar la batería del móvil.

–Encontrarás velas en el armario que hay encima del fregadero. Mi linterna está en el coche.

Ella había pensado que podría necesitarla durante el viaje para visitar a Harry, no cuando estuviese a salvo en su casa. Tuvo que hacer un esfuerzo para quedarse donde estaba mientras él se dirigía a la cocina y rebuscaba en el armario. Estaba alterada por todo lo que había pasado y, a pesar del tobillo dolorido, estaba tentada de ir a su lado y rodearlo con los brazos, de sentirse abrigada por su fuerza como pasó cuando la tomó en brazos. Solo se lo impidió la sensación de que traspasaría una línea invisible y se arriesgaría a... ¿A qué? A una reacción increíblemente física, a un rechazo inmediato, lo más probable, o a que la apartara con condescendencia y cuidado para que pudiera seguir con la tarea en la que estaba concentrado, lo cual, sería peor todavía. No podría soportar esa humillación y fue más que suficiente para que se quedara donde estaba a pesar del anhelo que le atenazaba las entrañas.

Oyó el ruido de una cerilla al encenderse en la cocina, vio un leve resplandor y la llama de una vela llevó algo de luz a la oscuridad.

–No hay candelabros.

–No, pero podemos ponerlas en platos –replicó Clemmie mientras se dirigía con cuidado a la cocina.

Afortunadamente, el armario de los platos y las tazas estaba en el extremo opuesto de la cocina y no corría el peligro de tocarlo mientras tanteaba para encontrar el camino. Sin embargo, sí podía ver ese rostro impresionante iluminado por la vela y podía oler su piel y su pelo que se secaba. Incluso, podía ver unos diminutos copos de nieve que colgaban de las pestañas como diamantes en miniatura y deseó retirárselos con la lengua... ¿De dónde había salido una idea así? El asombro hizo que dejara los platos en la encimera con una fuerza injustificada. Nunca se había sentido así por nadie o, mejor dicho, nunca se había sentido así, punto.

—Cuidado...

Curiosamente, la advertencia de Karim tuvo cierto tono comprensivo y burlón, como si supiera lo que estaba pasando por la cabeza de ella y eso hizo que las manos le temblaran cuando fue a tomar otra vela. Para su espanto, calculó mal y dirigió la mano hacia la vela que sujetaba él y no hacia las velas apagadas que tenía en la otra mano. Además, el tobillo se le torció otra vez por ese movimiento tan torpe y se tambaleó hacia él.

—¡Cuidado!

Esa vez, cualquier atisbo de comprensión burlona había desaparecido y el tono cortante hizo que sintiera un escalofrío. Un escalofrío que se mezcló con una descarga eléctrica cuando su mano se cerró alrededor de la que sujetaba la vela. Fue imposible que no pensara en la forma larga, dura y que podía transmitir ese calor.

Intentó recuperar el equilibrio, pero lo miró a los ojos y vio una oscuridad que no se debía a las sombras que los rodeaban, vio un brillo que no era el reflejo de la vela que había entre ellos. Sin embargo, mientras estaba a punto de caerse, él reaccionó con rapidez y tiró la vela en el fregadero para que no cayera cerca, aunque ella cayó directamente entre sus brazos. Eso, en medio de la oscuridad otra vez, fue más de lo que se había imaginado, mucho más de lo que había esperado. Tenía la cara sobre su pecho, olía su piel y sentía el calor y la fuerza de su cuello en la frente. Oyó que tomaba una bocanada de aire, notó que tragaba saliva y deseó poder hacer lo mismo para dejar de tener la boca seca y no atragantarse.

La agarró para que no se cayera y se quedó sin respiración cuando sus poderosas manos le abrasaron los muslos y la cintura. Habría podido jurar que esa manos la estrecharon contra él y que no habría podido soltarse aunque hubiese querido. Sin embargo, la posibilidad de soltarse no se le había pasado por la imaginación. El corazón le latía a un ritmo alarmante y la sangre le palpitaba en los oídos, pero el pulso de Karim seguía tan inmutable como si hubiese agarrado una escoba en vez de a una mujer viva y coleando. Aun así...

−¿Lo intentamos otra vez?

El tono sarcástico fue evidente, la agarró de los brazos con una rigidez casi brutal y la apartó como si, de repente, le pareciera que ese contacto podía contaminarlo. Ella pudo notar que no le costó nada soltarla y que su voz transmitía una indiferencia serena. Sin embargo, había estado estrechada contra él durante un segundo y había podido captar que él también había sentido algo. No podía negar la dura y ardiente evidencia de su cuerpo aferrado al de ella, la evidencia de una voracidad carnal que no podía pasar desapercibida ni a una virgen con tan poca experiencia con los hombres como ella. Podría y debería haberla asustado, pero le produjo una emoción palpitante por todo el cuerpo.

–Karim...

Ella no supo, ni le importó, si había sido una pregunta, una queja o una incitación. La cabeza le flotaba y todas las células del cuerpo parecían estar en llamas solo de pensar que ese hombre, un hombre así, podía desearla. Sentía un anhelo como nunca había podido imaginarse que fuese posible, el calor y la humedad brotaban en lo más profundo de su ser y esperaba...

Sin embargo, él estaba inclinándose para recoger la vela. Se dio la vuelta y se acercó los platos, sin pensar en ella, antes de tomar la caja de cerillas. Había vuelto a la tarea y estaba frío y distante otra vez, tanto que empezó a pensar que se había imaginado cualquier otra reacción. ¿Estaba tan ávida, como si fuese una colegiala que se enamoraba por primera vez, que se permitía soñar que el hombre más devastador que había conocido podía desearla precisamente a ella?

La luz de las velas fue disipando la oscuridad y tuvo la sensación de que la realidad se burlaba de ella por engañarse. Cuando una llama iluminaba una parte de la habitación, también proyectaba más sombras sobre otra y hacía que fuese tan impenetrable como el rostro de Karim. Además, podía comprobar que el ambiente había cambiado física y mentalmente.

Capítulo 5

QUE... que se haya ido la electricidad implica que también se ha apagado la calefacción –consiguió decir ella para romper ese silencio que la abrumaba–. Esta casa va a quedarse helada enseguida.

Ya estaba empezando a enfriarse y no solo por culpa de la mirada gélida de Karim. El sonido de la ventisca, que golpeaba las viejas ventanas y sus endebles marcos, empeoraba más todavía ese ambiente desasosegante.

–Tienes una chimenea –comentó Karim señalándola.

–¡Ojalá se encendiera! No sé cuántas horas he pasado intentando encenderla.

–Se encenderá.

Lo afirmó rotundamente, como si el fuego tuviese que hacer lo que él decía. Naturalmente, la encendió con una facilidad que era una burla a todas las veces que se había peleado con esa vieja chimenea. El chisporroteo y las llamas anunciaron que el calor llegaría pronto. Naturalmente, llegó. Karim estaba al mando y nada podía desafiarlo. Ella tuvo que reconocerse que agradecía de corazón ese calor sobre la piel mientras la oscuridad los rodeaba. Las velas iluminaban poco y tendrían que dosificarlas si la electricidad tardaba en volver. La media docena que tenía no durarían toda la noche. En cambio, no quería admitir que la sangre se le había helado en parte al darse cuenta de lo necia que había sido por haberse imaginado que Karim, precisamente él, podía encontrarla atractiva y desearla. Él se había dedicado inmediatamente a la tarea que tenía entre manos, se había olvidado de ella y de cualquier conexión que ella hubiese podido imaginarse, y le había dejado muy claro que esa fantasía había sido solo de ella.

–¿Tienes algo de comida para esta noche?

Karim lo preguntó sin dejar de mirar el fuego. Bastante había tenido con estar en la oscuridad con ella. La luz tenue de las velas y la chimenea daba una forma seductora a las curvas de Clementina y sus ojos brillaban con un resplandor especial. Ser ciego aguzaba los otros sentidos y, aunque no había estado ciego, la oscuridad absoluta había tenido el mismo efecto. Había sentido la calidez de su piel y había olido su perfume floral y especiado, un perfume mezclado con el aroma de su cuerpo. También había sentido la calidez de su piel a través de los vaqueros cuando sus manos se quedaron sobre la redondez de sus caderas. Además, había podido oír su respiración y había captado el momento exacto cuando lo contuvo por su contacto.

¡Idiota! ¡Era un idiota mayúsculo! Removió los rescoldos con el atizador y supo lo que sentían. Había llegado a esa casa de campo, hacía menos de cuarenta y ocho horas, creyendo que solo tenía que recoger a esa mujer para llevarla al aeropuerto y entregarla a su futuro marido. Sin embargo, supo que se había metido en un lío desde el momento que vio a

Clementina Savanevski. Aunque entonces no supo el lío que era. Súbitamente, su vida y todo lo que tenía programado habían dado un vuelco. Clementina no era como había esperado y no había previsto la reacción tan fuerte que le provocaba. Ella ya había retrasado la marcha con su desaparición y encima se veían atrapados por esa tormenta.

—Esa es la mala noticia.

Ella lo dijo detrás de él y supo que debería darse la vuelta para mirarla, pero, por el momento, prefería seguir mirando el fuego para intentar convencerse de que, si ardía por dentro, era por las llamas y no por ningún otro motivo.

—¿Cuál es la mala noticia?

La chimenea estaba encendida y parecería ridículo si no se daba la vuelta, tanto que ella sospecharía que pasaba algo, y no quería que pensara algo así. Había intentado que pareciera que las cuestiones prácticas, las velas, la luz y la chimenea, eran lo único que le importaba y no quería que ella tuviera el más mínimo recelo.

—¿Cuál es la mala noticia? —volvió a preguntar él dándose la vuelta.

Ella estaba detrás del desvencijado sofá, agarrándose al respaldo, y él se acordó de su tobillo lesionado. Un retraso más que se sumaba a todos los que habían tirado por tierra sus planes para cumplir la promesa que le había hecho a su padre y así seguir con su vida mientras pudiera.

Sacó el móvil que se había guardado en el bolsillo trasero de los vaqueros, miró la pantalla y comprobó que no había la más mínima cobertura. Estaban atrapados y el viento casi huracanado que soplaba en el exterior lo confirmaba con un énfasis incontestable.

–La comida –contestó ella con el ceño levemente fruncido por lo absorto que estaba él–. Es posible que quede algo en la nevera, pero no puedo hacer gran cosa porque la cocina es eléctrica. Tampoco funciona el hervidor de agua. Puedo ofrecerte un sándwich...

–Yo lo haré.

Karim ya estaba dirigiéndose hacia la cocina. ¿Tenía que demostrar tan claramente que estaba impaciente y deseando alejarse de ella? Había comprobado el móvil cientos de veces y solo dejó de intentar mover su coche cuando la tormenta lo mandó adentro.

–¡Yo lo haré! –replicó ella airadamente mientras lo apartaba–. ¡Será pequeña y destartalada, pero es mi casa! No puedes llegar e imponerte solo porque eres el príncipe coronado de no sé dónde.

–Estaba pensando en tu tobillo –murmuró él en un tono burlón que hizo que ella se pusiera rígida y a la defensiva–. ¿Puedes mantenerte de pie?

–Estoy bien.

Lo haría o moriría en el intento, se dijo Clemmie a sí misma mientras sacaba un pan de molde de la panera y lo dejaba con un golpe en la encimera, aunque el tobillo le dolía como un demonio cuando se apoyaba en él. Abrió la puerta de la nevera como pudo y miró dentro.

–¿Queso? ¿Ensalada?

La exclamación de fastidio que oyó detrás de ella debería haberla avisado, pero estaba tan decidida a no mirarlo que no se dio cuenta. Solo supo que, de repente, la agarraron por detrás, la levantaron en al aire y la llevaron a la sala. Una vez allí, Karim la dejó caer en el sofá y la tumbó sobre los almohadones cuando ella intentó incorporarse.

–Quédate ahí –le ordenó él como si se dirigiera a un perro.

Ella decidió no pelear por eso. Él tenía razón sobre el tobillo, aunque le fastidiara reconocerlo, y agradecía el calor de la chimenea después del frío que hacía en la cocina. Se abrazó a un cojín, pero no consiguió aliviar el abrasamiento por el contacto de Karim ni apaciguar el corazón. Su manga seguía oliendo a él y no pudo evitar la necesidad de pasársela por la mejilla para inhalar ese olor.

–Comida... o algo parecido.

Ella dio un respingo cuando el plato apareció por detrás del sofá. ¿Habría visto algo? ¿Habría visto ese gesto tan delator que se había permitido? Todavía podía oler sus manos, con los nervios a flor de piel, mientras Karim se acercaba a la chimenea. ¿Se sentaría al lado de ella? No sabía si podría sobrellevarlo, pero también lo anhelaba tanto que ardía por dentro.

No pudo contener un suspiro cuando Karim acercó la vieja butaca marrón a la chimenea y se sentó con el sándwich en un plato. Vio que él había oído el suspiro y que fruncía un poco el ceño. Se preparó para el inevitable comentario sarcástico, pero no llegó.

–¿Por qué vives aquí y en estas condiciones? –preguntó él en cambio.

Él miró alrededor con el ceño todavía fruncido y ella apretó los dientes. Sabía que la casa de campo estaba destartalada, pero le gustaba. Así la dejó Nan cuando murió y le recordaba a aquellas visitas tan felices cuando era niña.

–Lo siento si no es como los palacios a los que estás acostumbrado.

–Ni como los palacios a los que tú estás acostumbrada –replicó Karim–. Además, tampoco es como el sitio donde vivirás en adelante.

¿Tenía que recordárselo? ¿Acaso creía que así tendría otra opinión da esa casa? ¿Creía que iba a preferir el palacio de mármol de Rhastaan donde le privaron de su vida cuando era niña y del que nunca podría escapar?

–¡Este sitio es mío y de nadie más!

Además, antes de la llegada de Karim, nadie de Markhazad ni de los reinos vecinos había sabido nada de él. Él había invadido su privacidad como un felino arrogante y le había arrebatado lo poco que le quedaba de soledad. A partir de ese momento, ya no tendría vida propia. Sería un personaje público si salía del palacio y dentro... Prefirió no pensar la vida que le esperaba con el marido que le habían elegido, el vacío de un matrimonio político del que no podía escapar. Sin embargo, si miraba a Karim...

–¿Tuyo? –le preguntó él con los ojos entrecerrados por la incredulidad.

–Mi abuela vivía aquí y yo la visité algunas veces cuando era niña. Me dejó la casa en su testamento y... no me pareció que tuviera sentido cambiarla si iba a pasar tan poco tiempo...

Había dado un mordisco al sándwich y estuvo a punto de atragantarse. Agarró el vaso de agua con la esperanza de que él no viera las lágrimas o las atribuyera al ataque de tos y no a la mezcla de recuerdos con la idea del futuro que le esperaba. Karim no parpadeó siquiera y se quedó con el sándwich a medio camino de la boca. Ella pudo notar que la atravesaba con su mirada y la dejaba vulnerable y en carne viva.

–¡El pan es de anteayer! –explicó ella agitando el sándwich para intentar distraerlo–. Está seco.

Muy seco. Hizo una mueca mientras intentaba tragar otro trozo. Había esperado marcharse de la casa de campo y había terminado intencionadamente con los víveres.

–Entonces, ¿estabas planeando volver?

Él había captado lo que había estado a punto de decir y ella parpadeó para contener las lágrimas y mirarlo desafiantemente.

–No te hagas el sorprendido. Claro que iba a volver. En realidad, no hacía falta que tu padre te hubiese mandado para llevarme, ni a ti ni a nadie más.

Sin embargo, allí estaba, y Karim rezó para que su reacción no se reflejara en la cara. No quería que el pánico se adueñara de ella y que las cosas empeoraran más, si eso era posible. Había perdido el apetito. Dejó el sándwich en el plato. Ya debería estar de camino a Rhastaan. En realidad, ya deberían estar aterrizando en el aeropuerto, donde el equipo de seguridad de Nabil se haría cargo de todo y él quedaría libre de las promesas que se habían hecho, de la carga de la responsabilidad por Clementina. Podría volver a su vida, aunque los cambios en esa vida implicaban que nunca volvería a ser libre de verdad, ya no sería el recambio de Razi, ya estaba aprendiendo lo que significaba ser el futuro jeque de Markhazad. Aunque tarde, había empezado a entender la rebeldía e inquietud de su hermano. También había intentado ser los dos hijos para su padre, quien había sufrido tanto por la pérdida de su heredero.

Sin embargo, pensar en Clementina como una carga

le atenazaba algo por dentro. La posición de ella y las promesas que había hecho su padre, los tratados de paz que estaban en vilo en ese momento, eran lo que complicaba tanto esa situación. Sin todo eso, estar con esa mujer tan hermosa no sería una carga en absoluto. ¡No! Dio un portazo en su cabeza para cerrar el paso a esos pensamientos. Sin embargo, fue demasiado tarde. La sangre le bullía y no era por el poco calor que daba la chimenea. Miró sus labios carnosos y delicados a la luz de las llamas y su boca anheló deleitarse con su dulzura y sentir cómo cedían ante la acometida de su lengua. Quería introducir las manos entre su pelo, inhalar el olor de su cuerpo, sentir sus pechos contra él como los sintió cuando la llevó en brazos. Quería más que eso. La quería tumbada en la alfombra delante de la chimenea, la quería debajo de él y abrazándolo con el cuerpo arqueado para...

No. Agarró el vaso de agua y se lo bebió entero, aunque no sofocó el fuego que lo abrasaba por dentro. La erección le impedía sentarse con comodidad y se levantó para ir de un lado a otro, aunque ese espacio tan pequeño que lo encerraba fue otro motivo de desesperación. Necesitaba hacer algún ejercicio, como correr hasta que acabara agotado, o una ducha de agua helada que aplacara esa libido apremiante. Sin embargo, hasta eso era imposible, a no ser que saliera a la ventisca, claro, y podía imaginarse la reacción de Clementina si hacía algo así. Además, dudaba mucho que la ventisca sirviera para enfriar la oleada de calor que lo dominaba por dentro desde que vio a Clementina la primera vez.

Ella estaba mirándolo con los ojos como platos por el desconcierto, pero no podía reprochárselo. Estaba portándose como un lobo enjaulado. Tenía que hacer algo para pensar en algo que no fuese la voracidad que estaba devorándolo. Podía hablar de algo que no fuese sexo, podía pensar en algo que no fuese sexo, y luego, cuando hubiese acabado con aquello, buscaría a la primera mujer que estuviese dispuesta y se dejaría arrastrar por ella. Quizá no fuese la primera, pero sería divertido intentarlo. ¿De qué habían estado hablando? De la casa de campo y de que había ido allí para escaparse de sus obligaciones.

–Entonces, ¿por qué no le dijiste a nadie dónde estabas y que ibas a volver?

Eso era lo último que ella había esperado. Había estado segura de que estaba pensando otra cosa, algo que le había tensado todos los músculos del cuerpo hasta que había tenido que levantarse con el ceño fruncido, como si estuviese dispuesto a pelear.

–¿Que dejara otra nota como la que te dejé a ti?

Él encogió los inmensos hombros como si el desafío de ella le hubiese rebotado en el pecho.

–Dudo mucho que me hubiesen creído. Además, entonces...

No, ya había dicho demasiado. Él ya sabía dónde estuvo la noche anterior y, evidentemente, la dirección estaría archivada en su ordenador. Si permitía que alguien sospechara que Harry existía, que lo habían adoptado después de la muerte de su madre, sería muy fácil llegar al 3 de Lilac Close y... Ella también dejó el sándwich. Lo que estaba haciendo protegería a Harry, y a Mary y Arthur. Les concedería al porvenir que ella no podía esperar. Había puesto la casa de campo a nombre de los Clendon y esperaba que a ellos, y sobre todo a Harry, les gustara tanto como a ella.

–A mí me dejaste una nota y esperabas que te creyera.

Efectivamente, y todavía estaba preguntándose por qué lo había hecho. No por qué la había dejado. Eso le había parecido lo único que podía hacer. No podía marcharse sin decir que iba a volver, que aceptaba el porvenir que le habían organizado. Lo que no sabía muy bien era por qué le había parecido importante dejársela a él en concreto, y que él la hubiese creído.

–Sin embargo, no me creíste, ¿verdad? No te hacía falta, ya habías puesto ese localizador en mi coche. Podrías haber ido a por mí a cualquier sitio.

–Habría podido, pero parecías estar divirtiéndote mucho.

–Una diversión que no entra en mis obligaciones como reina y...

Se le secó la boca y se quedó muda.

–¿Estaba...? ¿Me viste?

Karim no se molestó en contestar, pero su quietud absoluta le dijo todo lo que ella tenía que saber.

–¡Me seguiste!

–Vine aquí para llevarte a Rhastaan –contestó él sin parpadear siquiera–. Tengo la obligación de que llegues sana y salva y a tiempo para la ceremonia de la boda.

Ella frunció el ceño con incertidumbre y desasosiego al oír la expresión «sana y salva». Sin embargo, había algo más que era como una explosión de asombro e inquietud.

–Me seguiste, viste dónde estaba, viste que estaba... divirtiéndome.

¿También había visto a Harry? ¿Había mirado por

la ventana y había visto el cariño evidente que sentía por el niño y el niño por ella? ¿Podía contárselo a alguien?

–Sin embargo, no me sacaste de allí. Miraste, volviste y me esperaste. ¿Por qué?

–Yo también me lo he preguntado.

–¿Y cómo te has contestado?

Él volvió a encogerse de hombros, pero esa vez no fue con desdén. Ella habría dicho que había captado cierta incertidumbre, pero no podía asociar la incertidumbre con Karim.

–Quería ver qué iba a pasar.

–Pero, si no hubiese vuelto, si me hubiese quedado o me hubiese ido a otro sitio... Da igual, no contestes.

Ella vio un brillo perturbador y peligroso en sus ojos. Además, la luz de las velas proyectaba unas sombras amenazantes en ese rostro impresionante. Ella sabía qué habría pasado si hubiese intentado hacer algo. La habría perseguido como ese felino gigante que le había parecido antes y cuando la hubiese alcanzado...

Algo gélido le recorrió la espina dorsal solo de pensar lo que habría pasado, pero, al mismo tiempo, el pulso se le aceleró al imaginárselo persiguiéndola, cazándola y haciéndola suya.

¡Era ridículo! ¡Era imposible! Si ese hombre la cazaba, solo sería para llevarla a otro hombre, a su futuro marido. Además, solo lo hacía por ese sentido del deber tan fuerte, por esa obligación de la que no paraba de hablar. En ningún momento la había considerado como una persona, solo era su objetivo, la princesa fugada que tenía que devolver a su matrimonio concertado sin plantearse si ella quería casarse o no.

–Dime una cosa, ¿por qué has venido tú? Sí, ya sé que me has dicho que has venido para llevarme con Nabil, pero ¿por qué tú? Tiene que haber más hombres en el equipo de seguridad que podrían haber venido a hacer eso.

Otros hombres que no la habrían alterado como él, que no habrían despertado esas disparatadas fantasías sensuales que la perseguían desde que Karim apareció en su vida.

Había tocado una fibra sensible. Lo indicaba el cambio de su expresión y su actitud. Él se volvió hacia la ventana y cerró las cortinas con un gesto brusco. La pequeña habitación pareció oscurecerse más todavía, pareció más claustrofóbica, como si el imponente cuerpo de Karim y la sensación de poder que irradiaba no cupieran en la diminuta casa de campo. Ella no supo si los pelos se le habían puesto de punta por miedo o excitación, solo supo que el calor de la chimenea parecía no llegarle y que sintió un escalofrío.

–Mi padre había prometido que se ocuparía de que llegaras sana y salva a Rhastaan. Se lo debía después de que el padre de Nabil le salvara la vida en un accidente de helicóptero. Era una cuestión de honor.

Y ese honor era más importante que cualquier otra cosa relativa a la persona con la que estaba tratando. Tenía que llevarla a Rhastaan por encima de todo.

–Sin embargo, tuvo algunos problemas de corazón y tuvo que encargarle la tarea a alguien.

Efectivamente, ella solo era una tarea, como un paquete que tenía que entregar. Si le hubiese clavado un puñal entre las costillas, no le habría dolido más.

–¿Y solo tú podías salvar ese honor? ¿No tenéis un equipo de seguridad fiel?

Si ella le hubiese tirado el vaso de cristal a la cara, él no habría reaccionado con más intensidad. Fue como si una puerta metálica se hubiese cerrado detrás de sus ojos y la hubiese dejado fuera de todo lo que estaba pensando.

–¡No lo tenéis! No podéis confiar en... vuestros... hombres.

Ella lo dijo con la voz entrecortada. Le flaquearon las rodillas y se quedó temblando por el asombro.

–Los hombres de mi padre –le aclaró Karim en un tono tan inexpresivo como su cara–. Mejor dicho, uno de ellos, que sepamos hasta el momento. Descubrimos que estaba trabajando para Ankhara.

Ankhara. El hombre cuyo solo nombre era una amenaza para ella, el hombre que estaba dispuesto a que no se casara con Nabil, el hombre que no iba a permitir que una mujer se interpusiera en el camino de sus ambiciones despiadadas. ¿Era posible que la habitación se hubiese quedado helada en un abrir y cerrar de ojos? Los troncos de la chimenea ardían con más fuerza que nunca, pero ella no sentía el calor.

–¿Él era quien debería haber venido a por mí?

Karim se limitó a asentir bruscamente con la cabeza.

–Y tú viniste en vez de él.

Para cerciorarse de que la tarea se llevaba a cabo, por ese sentido del honor del que había hablado. El frío que estaba adueñándose de su cuerpo solo era culpa suya. En algún momento había tenido la debilidad, había cometido la estupidez de creer, de soñar fugazmente, que Karim había ido para protegerla de una forma especial, de que se preocupaba un poco porque... ¿porque era ella? ¡Qué necedad tan grande había sido sentir que ella importaba! La verdad era que no le importaba a nadie, que solo era una cuestión de honor. El honor de Karim, de su padre y de su país. El país del que era príncipe coronado después de la pérdida de su hermano. Al parecer, se tomaba muy en serio ese papel.

Capítulo 6

LA HABITACIÓN pareció empequeñecerse más todavía mientras intentaba asimilar la verdad de lo que estaba pasando. Solo era un peón en una partida política. No era una persona, era una pieza en un tablero de ajedrez político. Se estremeció sin poder contener la reacción a lo que estaba pensando.

–¿Tienes frío? –él había visto su reacción y estaba acercándose precipitadamente a ella–. ¿Echo más leña?

–No –ella sacudió la cabeza casi con violencia–. No, gracias.

Solo quería esconderse con sus pensamientos, cerrar los ojos y quedarse con la última imagen de Harry, cuando se despedía de ella con la mano desde la ventana, la última vez que había visto a su hermano pequeño, por quien estaba haciendo todo eso. Karim, quien, según él, también había perdido un hermano, aunque para siempre, tenía que entenderlo. Sin embargo, miraba esos ojos opacos, vacíos de todo sentimiento, y sabía que sería un sueño mayor todavía si se permitía pensar que él la consideraba una persona siquiera. Ella era esa cuestión de honor con la que había que lidiar. Él cumpliría con su deber, la entregaría donde tenía que estar, seguiría su camino y se olvidaría de ella sin mirar atrás.

–Estoy cansada –comentó ella eludiendo lo que la atormentaba de verdad–. Quiero acostarme, dormir.

Él miró el reloj sin disimularlo y ella recordó todas las veces que lo había hecho a lo largo de la noche, como había mirado el móvil y el ordenador desesperado por el retraso que los retenía allí. Estaba
impaciente y ansioso por marcharse, por acabar con
esa cuestión de honor, con ese deber que le había impuesto su padre, con la responsabilidad de entregarla
a las personas que la deseaban de verdad. Luego, podría volver a su país con la satisfacción del deber cumplido y de haber defendido el honor.

—Sí, ya sé que es pronto —siguió ella mirando al
reloj de pie que había en un rincón aunque era casi
invisible a la luz de las llamas—, pero estoy cansada.
Anoche me acosté tarde. Estuve hablando con mis amigos.

Ella lo aclaró en tono más cortante todavía cuando
él la miró con los ojos entrecerrados y con la nariz
levantada como si hubiese captado un olor desagra-
dable.

Harry había estado muy inquieto por la fiesta y
luego se entristeció porque ella, su querida Clemmie,
iba a marcharse por la mañana y era probable que no
volviera. Para que Mary pudiera dormir, algo que necesitaba mucho, y para disfrutar de una noche antes
de que llegara la aterradora despedida, se había sentado con el niño, le había leído un cuento detrás de
otro y había acabado acunándolo en los brazos. Le
había dado tanto miedo despertarlo que se había quedado más de una hora, hasta que creyó que ya podía
dejarlo dormido. El resultado había sido que no había
descansando más de un par de horas.

—Podríamos hacer algo...

Karim se maldecía por haber dejado que se le es-

capara la verdad sobre Ankhara. Había conseguido
que le entrara pánico y que estuviera inquieta como
una gata nerviosa. Dudaba mucho que quisiera dormir aunque sus ojeras indicaran que tenía que descansar. Tenía más ojeras que cuando la vio la primera
vez y se había preguntado qué habría pasado desde
que él llegó a la casa de campo. ¿Qué había pasado
la noche anterior? Él había esperado y observado hasta
que se apagaron las luces de la casa, pero todo lo que
había visto había sido una fiesta infantil y, más tarde,
un grupo de madres que llegaba para recoger a sus
hijos.

—¿Qué propones? —preguntó ella mirándolo con
los ojos muy abiertos—. Ponemos música, vemos una
película de DVD... No, se me había olvidado, no tenemos electricidad.

—Podemos hablar.

¡Hablar! ¿Cómo se le había ocurrido proponerlo siquiera? Eso significaba que ella moviera los labios, que
él se fijara en su amplia boca, en esos labios carnosos
y rosados. Cada vez que había hablado, o cuando había
abierto la boca para beber o comer, solo había podido
pensar en lo que sentiría con esos labios debajo de los
de él, en separarlos con la presión de su lengua, en deleitarse con su sabor y su calidez.

—¿Hablar? No, gracias. Ya he recibido bastantes
sermones sobre el deber y el honor, de ti y de todo el
mundo.

A él se le había parado el pulso al mirar sus labios
y su lengua formando esas palabras, deseando...

—Entonces, otra cosa —replicó con la voz tan ronca
que ella lo miró con el ceño fruncido.

—¿Otra cosa? —repitió ella con los ojos en blanco—.

¿Qué? A lo mejor quieres jugar a algún juego de mesa. Sé que Nan tenía algunos por algún lado. Tienen un aspecto algo anticuado, pero el fondo es el mismo, ¿no? ¿Puedo desafiarte a una partida de Ludo? ¿O prefieres las Serpientes y escaleras?

Ella no había disimulado el sarcasmo, pero él no pudo resistirse a seguirle el juego para provocarla.

–¿Por qué no? Nunca he jugado a nada de eso y tengo que reconocer que me intriga saber en qué consiste un juego que se llama Ludo o Culebras y escaleras.

–Serpientes. Son juegos de mesa y no vas a convencerme de que realmente quieres...

–Claro que quiero.

Clemmie lo miró con una mezcla de incredulidad, impaciencia e indignación. El problema era que también era una provocación, que lo miraba con media sonrisa y un brillo burlón en los ojos. Él esperaba con toda su alma que esos juegos con nombres tan ridículos lo obligaran a no mirarla, a mirar el tablero o a algo que no fuese tan tentador.

Ella dejó escapar un resoplido de fastidio tan cautivador que le mereció la pena haberlo propuesto, igual que ver el brillo de sus ojos que le indicaba que iba a arrepentirse. Le costó más dominar las manos y no acariciarle el trasero embutido en los vaqueros mientras se inclinaba sobre un cajón para sacar la caja con juegos. ¡No! Ese era el camino a la destrucción. ¿Por qué la mujer que lo excitaba hasta ese punto tenía que ser precisamente la mujer que tenía vedada? Esa mujer destruiría su honor, el de su familia y el del país si tenía una aventura con ella. Sería muchísimo más fácil si no estuviera emitiendo señales que un ciego podría ver a cien metros. Él la atraía tanto como ella a él, pero no podían dejarse llevar.

Se sentó en el sofá para disimular la evidente reacción física que estaba produciendo en él e hizo un esfuerzo para concentrarse en las cajas que había sacado del cajón. No era fácil. Su pelo le rozó la cara mientras dejaba las cajas en la mesa y fue un tormento para esos sentidos que tenía desorbitados. Además, se inclinó para levantar la tapa y pudo vislumbrar sus pechos blancos como la nata. Tuvo que morderse el labio inferior hasta casi hacerse sangre para contener un gruñido tan primario como el de un simio.

–Cuéntame las reglas, porque supongo que habrá reglas...

¿Acaso no había reglas que encauzaban la vida por un camino recto? Unas reglas que llevarían el caos si se quebraban. La cicatriz del pecho le escoció como reacción a lo que había pensado y se la acarició distraídamente. Era como un recordatorio que llevaba grabado en la piel de lo que pasaba cuando se infringían las reglas. Su vida se había basado en la lealtad. En la lealtad a su padre, a su hermano mayor, el príncipe coronado, y a su país. Esas habían sido las reglas hasta que las pasó por alto para que su hermano pudiera aliviarse un poco del protocolo que lo asfixiaba. El resultado fue que hubo que imponer unas reglas nuevas que sustituyeran a las que habían quedado hechas mil pedazos. Además, Razi estaba muerto y enterrado con su reputación.

Sin embargo, esas reglas eran, al menos, sencillas. Al fin y al cabo, solo era un juego de niños con serpientes de muchos colores y escaleras de distinta longitud. Le ayudaría a pensar un poco en otra cosa. La verdad era que podía jugar a ese juego empleando un cuarto de su concentración y dedicando el resto a otras cosas: a mantener la chimenea encendida, a quitar los restos de velas y a sustituirlos por unas nuevas, a comprobar si el móvil y el ordenador tenían cobertura... No la tenían y la desesperación e impotencia aumentaban cada vez más. Aunque, al mismo tiempo, lo que hacía le producía una relajación intensa y extraña. Si alguien le hubiese dicho cuando empezó esa misión que acabaría sentado enfrente de la mujer increíblemente sexy que tenía que recoger jugando a un juego de niños y pasándoselo bien, nunca lo habría creído. Si además le hubiesen dicho que la mujer que tenía sentada enfrente era la mujer que lo excitaba con una voracidad como nunca lo había excitado ninguna mujer, habría dicho que estaban completamente locos. Jamás habría aceptado una misión que lo pusiera en esa situación, sin importarle las repercusiones. Sin embargo, nadie se lo había dicho, nadie le había advertido y allí estaba con esa mujer irresistiblemente tentadora muy cerca y teniendo que sofocar todos los impulsos carnales que lo convertían en hombre.

Sin embargo, ella se había calmado, al menos. Parecía haber asimilado que los intrigantes que no querían que se casara podían ser una amenaza para ella. Ya no tenía la expresión de un conejo atrapado por los faros de un coche y estaba concentrada en la partida. También era implacablemente competitiva y se mordía los labios cuando caía en una serpiente, y del mismo modo se frotaba las manos con placer cuando le pasaba lo mismo a él, sobre todo, si era la serpiente más larga del tablero.

–¡Abajo! –exclamó ella entre risas. ¡A la casilla trece! Voy a ganar la partida.

–¡No si puedo evitarlo!

Miró el rostro de Karim, iluminado y ensombrecido por las llamas, y vio que su boca se había suavizado levemente y que sus ojos ya no parecían tanto de hielo negro. Ella sabía que él creía que la había serenado. Creía que había conseguido que ella no pensara en que ahí fuera, en medio de esa tormenta, había alguien que los buscaba, que la buscaba, y, efectivamente, casi lo había conseguido. Lo habría hecho mejor si no mirara tanto su móvil ni tocara la pantalla de su tableta para comprobar qué pasaba. Eso hacía que apretara los dientes y se acordara de que no todo era tan apacible como esa habitación con una chimenea encendida. Aun así, y curiosamente, nunca se había sentido tan relajada. Al menos, desde que jugaba a esos juegos con su abuela. Los sencillos movimientos de la partida, el calor de la chimenea y la luz de las velas creaban un espacio cerrado, un refugio, donde estaban ellos dos solos y el resto del mundo se quedaba al otro lado de los gruesos muros de la casa de campo. Hablaban de todo un poco y nada era demasiado profundo ni conflictivo. Nunca en su vida se había sentido tan libre, nunca había creído que podía decir lo que quería y expresarse abiertamente sin que la censuraran, como le pasaba en la corte, o sin que su padre le frunciera el ceño, como mínimo, si se metía en algún terreno prohibido.

Incluso, se sentía a gusto con las sensaciones físicas que le recorrían el cuerpo, que le aguzaban los nervios, por estar con ese hombre grande y sombrío que había invadido su vida. Quería conocer el cosquilleo de la emoción que casi le impedía quedarse quieta. Quería oír la aspereza de su voz que le raspaba la piel y permitirse el lujo de inclinarse hacia delante como si quisiera mover la ficha en el tablero cuando, en realidad, inhalaba el olor de su cuerpo para embriagarse de sensualidad.

—Cinco...

Karim contó las casillas mientras movía la ficha y se pasaba de la escalera que había llevado la ficha de ella hasta casi la llegada. Ella miró fijamente sus dedos largos y cuidados, su piel bronceada... Se imaginó lo que sentiría si esa fuerza contenida le acariciaba la piel y perdía el dominio de sí misma... Se quedó sin respiración y se le secó la boca.

—Mi turno...

Fue a agarrar el dado y el cubilete, le rozó la mano, sintió una descarga eléctrica por todo el cuerpo y tuvo que contener el aliento sonoramente.

—¿Qué pasa?

Él la miró a los ojos con una intensidad tan abrasadora que ella casi tuvo que apartar la mirada.

—Na... Nada —contestó ella con la voz quebrada mientras intentaba tragar la tensión que le atenazaba la garganta.

—Mi turno —consiguió repetir ella.

—De acuerdo... ¡No!

Esa vez fue peor porque él le agarró la mano para que no tirara el dado. Ella quiso retirarla, pero comprobó que no podía ni siquiera intentarlo.

—Todavía no es tu turno. Tengo que...

Él volvió a concentrarse en el tablero y ella pudo recuperar un poco la respiración, pero no supo bien qué le nubló el pensamiento, si el desconcierto o la sensación de pérdida cuando él le soltó la mano.

–Yo creía que sí.

Con la mente en blanco, vio que él devolvía la ficha a la casilla original y que contaba los números con un elegante dedo. Luego, volvió a mover la ficha, pero no para llevarla a la ansiada escalera, sino a una de las serpientes más temibles que descendía hasta seis filas más abajo. Ella tardó unos segundos en darse cuenta de lo que acababa de ver y en comprobar lo que él había hecho.

–Sí, esos son cinco –consiguió decir por fin.

–Yo me había confundido y había contado seis. Ahora está bien.

–No tenías por qué... –¿el viento soplaba con más fuerza o el corazón le palpitaba en los oídos?–. No me había dado cuenta.

Claro que no se había dado cuenta. Estaba absorta mirando sus manos, sus ojos clavados en el tablero, las pestañas negras e interminables, los pómulos prominentes, los labios que se movían mientras contaban las casillas. Había estado absorta imaginándose lo que sentiría si se deleitaba con el sabor de esos labios, anhelando tener esa boca sobre la suya.

–No me fijé en...

Ella balbució sin darse cuenta de que lo que había dicho era casi incomprensible.

–Pero yo sí.

Él volvió a mirarla y a atravesarla con los ojos. Ella notó que se sonrojaba tanto que agradeció que la luz fuese tenue y parpadeante.

–Si no lo hubiese corregido, habría hecho trampa –añadió él como si eso fuese lo peor que podía hacer.

–Y eres un hombre íntegro.

Él le dirigió una mirada que la dejó helada. Una mirada desafiante y que confirmaba lo que había dicho ella, como si quisiera decirle que no lo dudara, y ella, naturalmente, no podía dudarlo. Sin embargo, también transmitía una tensión sombría que le produjo una sensación de miedo al pensar que algo se acercaba y que era más peligroso, como una premonición que le alteraría la vida amenazadoramente. Helada hasta los huesos, hizo un esfuerzo para dejar de mirarlo y para concentrarse en el tablero. Subió otra escalera, llegó a las últimas casillas y...

–¡He ganado!

Fue una descarga de adrenalina que se mezclaba peligrosamente con los latidos acelerados del corazón y con un anhelo que no había conocido jamás. Aun así, todavía sentía esa frialdad gélida.

–Has ganado... –reconoció Karim, aunque miró otra vez el reloj y el móvil y solo quedó la frialdad–. ¿Otra partida?

–No, gracias. Estoy cansada.

Era verdad. Una vez apagada esa reacción ardiente por la amargura de la decepción y por darse cuenta de que solo se imaginaba fantasías, se sintió vacía y agotada. Se preparó para algún comentario sarcástico sobre que no intentara huir o esconderse, pero él se limitó a asentir con la cabeza, a dirigir otra de esas irritantes miradas al reloj y a guardar las fichas y el dado en la caja.

Era como estar montada en una montaña rusa. Primero la dejaba que subiera, que creyera que estaba interesado, que sabía lo que sentía y que él sentía lo mismo, pero, acto seguido, miraba el reloj para que bajara en picado.

Ya había terminado esa velada relajada y amena, la velada que a ella le había parecido relajada y amena y que, probablemente, para él solo había sido una forma de tolerarla, de distraerla para pasar el rato. Él estaba pensando en algo completamente distinto. No hacía falta que dijera que lo único que quería era salir de allí para entregarla a su futuro marido, aunque lo disimulara bajo una máscara de cortesía.

Estaba verdaderamente cansada. Se sentía como un globo que se había desinflado por un agujero diminuto, pero no le atraía lo más mínimo la idea de subir a la nevera que era su dormitorio. Karim se había levantado, había agarrado los almohadones del sofá y los había dejado en el suelo.

—¿Qué haces?

—Tu cama —él señaló el sofá con una mano—. La mía —señaló los almohadones que tenía a sus pies—. No querrás congelarte arriba, ¿verdad?

—No... No —contestó ella desconcertada porque parecía como si hubiera leído sus pensamientos.

—Estaremos un poco apretados, pero tendremos que apañarnos. Iré a por unas mantas.

Había estado cansada, pero ¿podría dormir? Clemmie se lo preguntó unos minutos después, cuando ya estaba en el sofá y bien tapada por las mantas que Karim había bajado del dormitorio. Estaba a gusto, físicamente, pero no podía dejar de darle vueltas a algo helador. ¿Karim se comportaba así por consideración o dormía en el suelo para vigilarla y que no intentara escaparse durante la noche? Se moriría de frío si lo intentaba. Se había puesto un camisón rosa hasta las rodillas que parecía una camiseta y que era lo bastante recatado, pero que no la protegería de esa noche atroz. Aun así, era evidente que él no confiaba en ella. Se dio la vuelta en el sofá para intentar ponerse cómoda. Era imposible entender a Karim. A veces parecía que se preocupaba un poco, pero en seguida se quedaba convencida de que solo cumplía con ese deber que creía que era tan importante. Miró a Karim. Seguía en la butaca con los brazos sobre los muslos e inclinado hacia delante para mirar los rescoldos de la chimenea. ¿Siempre tendría sentimientos contradictorios hacia él? Se le encogió el estómago al darse cuenta de que le quedaba poco tiempo para estar con él. Encontraría la manera de mover el coche cuando amaneciera y se pondrían de camino. Si su porvenir siempre le había parecido sombrío por tener que casarse con alguien a quien no amaba y por motivos políticos, en ese momento, la idea de llegar allí y ver que Karim se alejaba de su vida le parecía insoportable. ¿Cómo había llegado a significar tanto para ella en tan poco tiempo? ¿Cómo iba a poder dejar que se marchara cuando llegaran a Rhastaan? ¡Dejar que se marchara! Se tapó la cara con la manta y se tragó el regusto amargo que tenía en la boca. Ella no iba a dejar que se marchara, ella no tenía nada que decir. Él se daría media vuelta y se alejaría con el deber cumplido, sin mirar atrás.

Consiguió quedarse dormida, pero soñó con figuras y sombras que la perseguían. Ella corría y llamaba a Karim, pero él siempre iba por delante, alejándose, e, independientemente de lo deprisa que corriera, cada vez estaba más lejos aunque iba andando tranquilamente. Sin embargo, Ankhara y su padre la seguían y se acercaban más a cada paso que daban.

–No... –quería quitárselos de encima, pero cada vez estaban más cerca–. No... ¡No!

–Clementina...

Reconoció esa voz. Los recuerdos la despertaron con un sobresalto, se incorporó con los ojos muy abiertos y miró a ese rostro que la había obsesionado en sueños, pero solo porque le había dado la espalda. En ese momento, estaba muy cerca, estaba sentado en el borde del sofá, la agarraba de los brazos y sus manos le quemaban la piel. Se había quitado el jersey y los pantalones, solo llevaba una camiseta blanca y unos calzoncillos oscuros. No podía ver casi sus rasgos en la oscuridad, pero sus ojos, negros como pozos, parecían tragársela.

Estaba demasiado cerca. Estaba ahogándose. No podía respirar. El poco aire que conseguía aspirar se le quedaba en la garganta mientras lo miraba fijamente. Además, ese aire estaba impregnado por el olor de su piel.

–¿Qué te pasaba?

–Estaba asustada. Ankhara...

Lo había embrollado todo al hablar de Ankhara, se reprochó él a sí mismo. Se había despertado al oír sus lamentos y la agitación de su cuerpo. Había estado soñando con el hombre que había mandado a más hombres para que los persiguieran y que impediría ese matrimonio si tenía la más mínima posibilidad.

–No pasa nada.

¿Sabría ella cómo se sentía él al ver esos ojos como platos en la palidez de su rostro? ¿Cómo había podido llegar a considerarla una chica desenfrenada que iba de fiesta en fiesta? Aunque se la habían descrito como una mujer que, irreflexivamente, había eludido su obligación hacia su familia y hacia su país para buscar su propio placer sin importarle nadie más, había algo más que eso. Había otro motivo para que hubiese ido allí. No sabía cuál era, pero estaba seguro de que había algo debajo de esa aparente temeridad. Quizá tuviese algo que ver con Harry, fuera quien fuese. ¿Un amigo? ¿Un amante?

—Clementina, no pasa nada. Estás a salvo.

Y seguiría a salvo. Se ocuparía de que llegara sana y salva a Rhastaan aunque fuese lo último que hiciera en su vida, se juró a sí mismo. Aunque no se reconoció que hacía ese juramento por Clementina, no solo por la deuda que tenía contraída con la familia de Nabil.

—Cle... Clemmie —balbució ella con la voz todavía ronca.

—¿Qué?

—Clemmie —repitió ella con la voz más firme—. Mis amigos me llaman Clemmie.

—Y... ¿Somos amigos?

La batalla que estaba librando con el deseo sexual que se le había despertado en cuanto la tomó en brazos para despertarla hizo que la pregunta sonara hosca y que ella frunciera el ceño y se mordiera el labio inferior mientras lo pensaba. Entonces, se encogió de hombros de una manera que él no pudo interpretar. Sobre todo, cuando tenía la cabeza llena de pensamientos prohibidos, de lo mucho que quería pasarle los dedos por los labios para que dejara de dañárselos, de lo mucho que quería aliviarle ese dolor con la lengua. Estaba muy cerca y podía oler la calidez de su piel cada vez que respiraba. Además, los calzoncillos de algodón, aunque largos, no podían disimular la reacción que esos pensamientos y la tentación de su cuerpo había provocado entre sus piernas.

–Si eso es lo que quieres ser... –contestó ella–. Al fin y al cabo, ¿qué podemos ser si no?

–Efectivamente –concedió él asintiendo con la cabeza y frunciendo el ceño al ver que se estremecía de frío–. Deberías taparte con las mantas y dormirte.

Ella lo miró con un brillo desafiante en los ojos.

–No quiero dormirme. Me da miedo cerrar los ojos y que todo vuelva otra vez.

–Pero tienes que descansar...

Y él tenía que alejarse de ella antes de que se dejara arrastrar por los pensamientos carnales que estaba achicharrándole el cerebro.

–¿No podrías abrazarme?

Era lo último que había esperado, lo último que necesitaba, y casi se tambaleó por la impresión.

–Clemmie...

Oyó su propia voz, ronca y grave, y se dio cuenta de que había cedido, de que había empleado el nombre que ella quería que empleara. Ella se pasó la lengua por los labios de una forma que a él le pareció desproporcionadamente tentadora. La voracidad lo atenazó por dentro y tuvo que apretar los dientes para contener un gruñido.

–Abrázame, por favor. Solo hasta que me quede dormida.

Apartó la manta para dejarle sitio y él pudo ver sus piernas estilizadas y blancas. Se le secó la boca. Intentó decirle que eso sería un disparate, y un error, pero no le salió la voz y ella tomó su silencio como una especie de aceptación.

—Creo que no podría dormirme si no me abrazas y, además, tienes que tener frío con eso que llevas puesto.

Tenía frío a pesar de la chimenea y le gustaría estar bien tapado por las mantas, pero la verdad era que también estaba pensando en estar tapado por las mantas y abrazándola con fuerza.

—Por favor... —repitió ella en un tono que lo desarmó completamente.

Estaba perdido.

Capítulo 7

S I ME prometes dormirte...
–Lo prometo.
Eso tenía que ser el infierno, pensó Karim mientras se sentaba en el pequeño espacio que le había dejado ella. El infierno no era el fuego eterno ni una legión de demonios torturándolo, el infierno era un espacio acogedor en una cama demasiado pequeña con la mujer que anhelaba poseer, pero a la que no podía ni tocar. Solo podía rezar para que se durmiera enseguida.

–¿Cómo voy a dormirme si estás ahí sentado como si te hubieses tragado una escoba? –preguntó Clemmie acariciándolo con la calidez de su aliento.

–No hay mucho sitio...

–Entonces, acurrúcate más...

Ella pasó a la acción y la temperatura alcanzó el punto de ebullición. ¿Realmente era tan ingenua o lo hacía intencionadamente? Se preguntó él con el pulso acelerado.

–¡Duérmete! –gruñó él rozándole el pelo con la barba de un día.

Ella apoyó la cara en su pecho. ¿Cómo iba a dormirse? Todo su cuerpo estaba disparatadamente despierto. Tenía el corazón desbocado y le costaba respirar. Los poderosos brazos que la abrazaban eran confortables y peligrosamente excitantes, los huesos de sus costillas parecían hechos a medida para acoger a su cabeza y la calidez de su piel, que debería haber sido tranquilizadora, se había convertido en un infierno de deseo que le palpitaba entre las piernas como nunca le había pasado antes.

Entonces, eso era el deseo. Eso era desear a un hombre, a ese hombre en concreto, como lo hacía una mujer. Deseaba, necesitaba, sentir más. Le pasó una mano por encima de la camiseta blanca y notó los latidos del corazón bajo las yemas de los dedos, notó la tersura de su piel, notó... Se detuvo y levantó un poco la cabeza al notar una rugosidad áspera cuando el resto de la piel había sido suave.

–¿Qué es esto?

–Clemmie...

Ella captó el tono de advertencia, pero no le hizo caso. Volvió a pasarle los dedos por el abdomen mientras levantaba el borde de la camiseta. Se dio cuenta de lo que era y sintió una oleada de asombro por dentro, pero la tensión del cuerpo que tenía al lado le indicó que estaba tocando algo importante para él, algo que tenía que ver con lo más profundo de ese hombre, y no iba a disuadirla.

–¿Qué pasa?

Clemmie le levantó la camiseta hasta los hombros y contuvo el aliento por lo que vio.

–Maldita sea, Clemmie...

Él se dio media vuelta y le agarró las muñecas con fuerza, pero ella ya había visto, a la tenue luz de la chimenea, las cicatrices que tenía en un costado del pecho y que le cruzaban la preciosa piel bronceada cubierta de una mata de pelo negro.

–¿Qué pasó? ¿Cuándo?

Las cicatrices eran relativamente recientes y todavía tenían un tono rosado.

–¿Cómo?

Ella supo, a juzgar por cómo tenía apretada su maravillosa boca, que no iba a contestar. Ya había visto una vez esa tensión. Fue cuando él le habló de su hermano y de su muerte. Estaba segura de que las cicatrices tenían algo que ver con eso. No hacía falta que Karim dijera nada, lo tenía grabado en la cara por mucho que él quisiera ocultárselo. Sin embargo, no lo intentó. La miró con un brillo desafiante en los ojos y le soltó las muñecas. Ella le pasó los dedos por los cortes en la piel y contuvo la respiración cuando vio que él bajaba la mirada para ocultarle la expresión de los ojos.

–¿Qué le pasó a tu hermano? Quiero decir, sé que murió en un accidente de coche, pero tú estabas allí, ¿verdad?

–Yo iba en otro coche, detrás de él.

Él lo dijo como si le hubiesen arrancado las palabras. Lo dijo con una voz tan baja que no lo habría oído si la habitación no hubiese estado tan oscura y silenciosa.

–Él quería ver a una mujer... que no era con la que estaba prometido. Se saltó las medidas de seguridad, pero lo seguí porque no podía permitir que fuese sin ninguna protección.

Él hizo una pausa como si no pudiera seguir.

–Cometí el error de dejar que me viera por el retrovisor. Aceleró para escapar de mí, tomó una curva... Cuando llegué, el coche estaba ardiendo.

–Y tú intentaste sacarlo.

No fue una pregunta. Ella sabía con toda certeza que así se hizo esas cicatrices.

–Yo...

Fuera lo que fuese lo que iba a decir, se lo tragó cuando ella se inclinó para besarle la piel herida como reconocimiento a su intento, al espanto por no haberlo conseguido por culpa de las llamas, al valor que necesitó.

–Clementina...

Él siseó su nombre entre dientes, pero ella casi ni lo oyó. Estaba absorta, como drogada por el sabor y el olor de su piel. Pasó la lengua por la cicatriz, paladeó el regusto algo salado de su piel y pudo oír, casi como un trueno, que el corazón se le aceleraba. Su corazón también estaba desatado y un torbellino de sensaciones primitivas, como nunca había sentido, se había adueñado de ella y le palpitaba entre las piernas. Quería cimbrearse encima de él, abrazarlo, dejarse arrastrar.

Eso era la avidez sexual, por eso se hablaba de ella en un tono que le había hecho pensar que nunca podría ser tan poderosa o intensa. Sin embargo, lo que sentía en ese momento le indicaba que había infravalorado su potencia, su capacidad para arrastrarla sin que pudiera evitarlo. La habitación estaba completamente negra y casi no podía oír el crepitar del fuego. Solo estaban ella y ese hombre, ese hombre que hacía que sintiera lo que era ser una mujer de verdad.

–Clemmie...

Ella no supo si lo había dicho quejándose o entregándose, pero, entonces, él introdujo las manos entre su pelo y le levantó la cara para que lo mirara. Al ambiente de la habitación cambió completamente en un abrir y cerrar de ojos. No era cálido o amable. Ni siquiera era considerado. Era sombrío, áspero y peligroso. Los rasgos de su cara parecían esculpidos en piedra. Su boca era una línea implacable, su pecho y sus brazos era como rocas contra sus mejillas... su erección parecía acero al rojo vivo dispuesta a marcarla como suya.

—¡Maldita seas, mujer!

Bajó la cabeza y se apoderó de sus labios sin compasión. La agarró con más fuerza de la cabeza y la colocó como quería para que el beso fuese perfecto. Un beso que no se parecía a nada que ella hubiese conocido hasta ese momento. Sus bocas se fundieron y todo lo que ella había creído saber sobre la excitación sexual se borró de su cabeza. Eso no se parecía a los besos vacilantes o apremiantes de los pocos chicos que había conocido. Eso no tenía nada de pueril. Era la voracidad de un hombre y despertaba todo lo que había de mujer en ella. Era tan poderoso y ardiente que parecía como si la estuviese besando un volcán. Era el beso de un hombre que sabía lo que quería y que estaba decidido a conseguirlo... y ella era lo que quería también.

La cabeza le daba vueltas y la capacidad para pensar se había perdido en algún sitio muy oscuro. Sin embargo, entre la lava de su sangre, pudo captar una advertencia para que no hiciera aquello, para que lo apartara de ella. Aun así, el anhelo que la dominaba, que retumbaba en sus oídos, silenció esa advertencia. Era carnal, completamente primitivo, pero era lo que quería en ese momento. Era lo único que deseaba. Karim era lo único que deseaba. Solo deseaba el beso abrasador e inexorable de Karim, su contacto en la piel que le endurecía los pezones ávidos de sus caricias, su posesión...

Algo hizo que le saltara un fusible en la cabeza y que se diera cuenta de que el recatado camisón como una camiseta ya no tenía nada de recatado. Ya no era un obstáculo para esos dedos voraces. Lo tenía levantado hasta la cintura y sus piernas se entrelazaban con las de él, su piel suave y delicada estaba en contacto con sus músculos poderosos, viriles y cubiertos de pelo. La piel ardiente de él era como fuego líquido bajo sus manos. Quería acariciar hasta el rincón más recóndito de su cuerpo, quería besar su cuerpo de arriba abajo, quería sentirlo plenamente.

–Karim...

Susurró su nombre mientras le pasaba la punta de la lengua por los pelos del pecho y se estremecía. Tenía que entrelazarse más, estrechar su cuerpo contra todo el cuerpo de él.

Karim dijo algo en un idioma que ella no entendió y le mordisqueó el cuello antes tomarle los pechos desnudos con las manos. Ella contuvo la respiración y echó la cabeza hacia atrás, pero se arrepintió enseguida y volvió a juntar la cara con la de él cubiertos por su melena mientras recibía el beso que tanto necesitaba. Tenía su erección ardiente sobre los rizos húmedos, pero su cuerpo ansiaba más. Anhelaba sentir todo su poderío abrasador sin la ropa interior de él por medio. Dejó escapar un murmullo de avidez, introdujo las manos entre los dos y tomó la cinturilla elástica. Notó que él se ponía en tensión, pero lo pasó por alto porque le daba miedo lo que podía significar.

–¡Clemmie! ¡No! –Karim se apartó bruscamente, como si lo hubiese quemado–. ¡He dicho que no!

La agarró de las muñecas otra vez. Ella podía notar que el corazón se le salía del pecho, que estaba tan excitado y anhelante como ella, pero estaba dispuesto a negarlo.

–¡Karim! –replicó ella con la voz ronca por el deseo–. No hagas esto. Te deseo, ¿por qué haces esto?

Él soltó todo el aire que había estado conteniendo.

–No podemos hacerlo, no debemos. Ya sabes por qué.

Ella sabía que estaba apelando a su buen juicio, pero no iba a dar resultado. No quería que lo diera. No se sentía nada juiciosa. Deseaba eso y lo deseaba con toda su alma.

–¿De verdad?

Se contoneó contra él y sonrió cuando oyó su gruñido y sintió la tensión del cuerpo que tenía al lado.

–No sé por qué. Esta noche es casi la última que voy a pasar soltera, que voy a ser libre, puedo pasarla como quiera y con quien quiera.

–Podrías si fueses otra mujer.

Fue como si alguien hubiese quitado las mantas y apagado la chimenea. La gélida sensación de desdicha que se adueñó de ella fue casi insoportable. Casi. Además de esa sensación que había enfriado su avidez, había otra, más indomable, que le palpitaba apremiantemente entre los muslos y que no hacía caso de sus reparos. Se había pasado la vida viviendo según las reglas impuestas por su padre, según decisiones que había tomado por ella sin su consentimiento y sin su conocimiento siquiera. Ni siquiera había vivido su propia vida. Todo lo había dictado la ambición de su padre, pero esa noche tenía una oportunidad, la única oportunidad, de vivir como podían vivir otras mujeres de su edad, de tener la libertad de... No. Apartó de su cabeza esa palabra de cuatro letras. Ahí no cabía el amor. No podía enamorarse de un hombre al que había conocido hacía cuarenta y ocho horas. No era amor, era deseo, pero también era una sensación nueva y apasionante, una sensación desconocida hasta ese momento y que, seguramente, no volvería a sentir cuando tuviera que casarse por motivos políticos con un hombre al que no conocía. Ni siquiera era un hombre, era casi un muchacho, era cinco años menor que ella. Nunca sabría lo que era la felicidad y la emoción de enamorarse, pero sí podía saber lo que era... eso. Podría ser lo único que tuviera para mantenerla viva durante los años desoladores que la esperaban por delante.

—Pero somos quienes somos y esto es imposible, está vetado. Tú estás vetada —siguió él.

—Esta noche, no.

Ella lo dijo con desesperación por la angustia del rechazo que se mezclaba con la excitación que la devoraba por dentro.

—Esta noche solo somos dos personas en la oscuridad. Esta casa está en medio del campo y la nieve la aísla más todavía. Nadie va a vernos y nadie lo sabrá.

—Nosotros... lo sabremos —replicó él con la voz quebrada—. Yo lo sabría.

—Pero no tenemos que...

Hubo algo en su inmovilidad, en su forma de mirar a la chimenea en vez de mirarla a los ojos, que la dejó tan petrificada como él.

–Es que...

No podía ni quería decirlo, pero tenía que saberlo. ¿Acaso era tan ingenua que se había imaginado algo inexistente? ¿Había depositado todos sus anhelos en ese momento y había creado una situación que era irreal?

–¿No me deseas?

–¿Que no te deseo? –preguntó él con una carcajada heladora–. ¿Crees que esto es no desearte? –siguió él dándose la vuelta para apoyar su erección imponente en el vientre de ella.

El corazón le dio un vuelco al notar que la deseaba, pero el alma se le cayó a los pies al ver la expresión implacable de su rostro.

–Te deseo tanto que estoy desgarrándome por dentro.

–Entonces, ¿por qué no? Tú me deseas y yo te deseo. ¿Por qué no podemos...?

–¡No!

Fue un estruendo acompañado por un movimiento violento que lo apartó de ella y lo levantó del sofá.

–No, maldita mujer, no vas a tentarme así. Este asunto está zanjado. No sucederá jamás.

–Pero...

Ella, casi sin querer, se puso de rodillas sobre los almohadones, dejó que la manta cayera alrededor de sus piernas y alargó una mano. Vio que clavaba los ojos negros en su cuerpo desnudo y se sintió como si le hubiese arrancado la piel y la hubiese dejado en carne viva.

–No me toques –le ordenó–. No vuelvas a tocarme jamás. No quiero saber nada de ti, aparte de la tarea que me han encomendado. Te entregaré a Nabil, a tu prometido, y luego no volveré a verte.

No podía haberlo dicho de una forma más hiriente. Además, se alegraría cuando eso sucediera. No hacía falta que lo dijera con palabras porque el brillo de rechazo de sus ojos era más que elocuente.

Ya le había dado la espalda y estaba poniéndose los vaqueros y el jersey con gestos de rabia, pero cuando metió los pies en las botas y se dirigió hacia la puerta, ella no pudo contenerse.

–¿Adónde vas?

–Afuera. Por si no te habías dado cuenta, está lloviendo.

Él señaló con la cabeza hacia las ventanas y ella vio que, efectivamente, el agua golpeaba contra el cristal mientras el cielo empezaba a clarear con la luz del amanecer.

–Moveré tu coche, o encontraré cobertura para el teléfono. Mientras, tú deberías vestirte y prepararte. Quiero marcharme en cuando sea posible.

Marcharse de allí y alejarse de ella, o, al menos, ponerse de camino para entregarla a Nabil y saldar su deuda de honor. Hacía que se sintiera como un paquete que tenía que entregar urgentemente. No era el amante apasionado con el que había soñado, solo era un hombre frío y duro que la utilizaba en su beneficio, como había hecho su padre.

Sintió un escalofrío cuando el abrió la puerta y se tapó entera con las mantas, pero no se había estremecido por el frío. Era algo que le brotaba de muy adentro, era una sensación espantosa de rechazo y bochorno por su comportamiento. Arrastrada por una oleada de reacciones físicas desconocidas para ella, había perdido la cordura y se había abalanzado sobre él como un ser desenfrenado que solo se guiaba por los instintos más básicos.

Las mantas no servían de nada. Se arropó más, pero le parecían ásperas e incómodas sobre la piel. Todos los sentidos que Karim había avivado le escocían con una excitación que no podía sofocar. Hasta el algodón del camisón le molestaba sobre los pezones todavía endurecidos y la avidez frustrada era como un picor por todo el cuerpo. Anhelaba volver a llamar a Karim para que volviera a despertar esa excitación que le había borrado todos los pensamientos de la cabeza y la había dejado a expensas de unas necesidades primarias tan fuertes que no podían contenerse. No le extrañaba que nunca hubiera tenido que resistirse a esa tentación. Nunca había sentido nada parecido a una tentación de verdad, pero todas sus defensas habían saltado por los aires con un roce y un beso de ese hombre, se había quedado sin respiración y vulnerable, no había sido capaz de formar la palabra «no» en su cabeza, y mucho menos de decirla.

Sin embargo, tampoco había hecho falta que la dijera. Karim la había dicho por ella. Fuera lo que fuese lo que había sentido por él, él no había sentido lo mismo por ella. Quizá la hubiese deseado físicamente, no era tan ingenua como para que la reacción de su cuerpo le hubiese pasado desapercibida, pero no la había deseado a ella. Había creído, había esperado, que había encontrado la manera de garantizar que su estreno con un hombre fuese, ya que no por amor o por algo especial, sí con alguien que hiciera que ella se sintiese especial. Alguien que la emocionara como no había hecho ningún hombre. Karim lo había conseguido. Su contacto la había deleitado hasta lo más profundo de sí misma, al menos, hasta que la apartó y la rechazó con tanta violencia que todavía le dolía el alma. En vez de una iniciación maravillosa y apasionante en la feminidad, se sentía sucia y despreciable como un trapo tirado al suelo.

Se levantó lentamente. El tobillo le dolía todavía, aunque se dio cuenta de que se había olvidado de él cuando estaba en brazos de Karim. Tenía la sensación de que las piernas no eran suyas y se balanceó mientras intentaba reunir fuerzas. Solo quería desaparecer, pero sabía que Karim no iba a permitírselo. Como si quisiera recordárselo, oyó que el motor de su viejo coche soltaba unos estertores antes de ponerse en marcha. Karim lo había conseguido y pronto liberaría a su propio coche para que los llevara lejos de allí. Él esperaría que estuviera preparada cuando volviera a la casa. Por un instante, se planteó rebelarse. Se quedaría sentada y... Sin embargo, se acordó de que seguía desnuda debajo de la manta, con el camisón por encima de la cintura, y toda la rebeldía se esfumó. No quería que él volviera y la encontrara como la había dejado, como un bulto abandonado en el sofá. Se vestiría y se levantaría para afrontarlo, para marcharse.

Miró la habitación pequeña y abandonada de la casa de campo que había sido su hogar durante los últimos meses, que había sido el refugio de las negociaciones que le habían arrebatado la vida, de las promesas que había hecho su padre en nombre de ella. Sin embargo, ya no era un refugio. Había cambiado completamente en dos días y había sido por Karim.

Él había invadido su espacio, la había privado de su intimidad, de su seguridad, del respeto hacia sí misma, y nada volvería a ser igual. Ya podía marcharse y afrontar el porvenir que le esperaba. Sus breves y necios sueños de encontrar algo que lo sustituyera se habían hecho mil pedazos. Ya no le quedaba nada que desear o esperar. Había paladeado la libertad por un momento y ya se había acabado. Ya no podía eludir su futuro. Se vestiría, recogería las pocas cosas que le quedaban y cuando Karim volviera, la encontraría esperándolo. Había llegado el momento de olvidarse de los sueños y de aceptar el destino que le había impuesto su padre.

Capítulo 8

INGLATERRA estaba a una vida de distancia. Tres días, miles de kilómetros y la otra punta del mundo bastaban para que se sintiera como si hubiese pasado toda una vida desde entonces.

Clemmie miraba por el ventanal. La ciudad de Rhastaan se extendía a los pies de la colina donde se levantaba el palacio. Esa ciudad al borde del desierto, donde el horizonte se difuminaba por el calor abrasador y donde no había ni una brizna de viento que ondeara las banderas, le indicaba muy claramente cuánto había cambiado su vida. Si abría la ventana, entraría un calor atroz que haría casi inútil el potente aire acondicionado que mantenía fresca la habitación. Era asombroso lo deprisa que se había acostumbrado a un ambiente tan distinto. Aunque se había criado en ese ambiente, el calor que hacía en ese reino del desierto era casi insoportable. Ya añoraba el frío de la casita de campo que había sido su hogar y su refugio durante tan poco tiempo. Allí disfrutaba de todas las comodidades y lujos, pero los cambiaría inmediatamente por unos días de libertad, de ser ella misma como lo había sido en Yorkshire.

Sin embargo, eso no ocurriría jamás. Dejó escapar un suspiro y se apartó del ventanal. Los pies descalzos no hicieron ningún ruido sobre el suelo de mármol rosado y la túnica de seda turquesa se arrastró sensualmente sobre la pulida superficie. Otra cosa de la que prescindiría si pudiera. La túnica estaba hecha con la seda más delicada, tenía unos bordados preciosos y era de su medida exacta, pero echaba de menos los vaqueros rotos y las camisetas que llevaba antes. Se dejó caer en el taburete y se miró al espejo del tocador. Casi ni se reconocía. Nunca se habría maquillado con tanto *khol* en los ojos ni con ese pintalabios rojo para resaltarle la boca. Además, el pelo... Los mechones oscuros y desordenados estaban recogidos en la nuca con un peinado muy complicado. Era la mujer que su padre siempre había querido que fuese, pero no podía evitar preguntarse qué pensaría Karim, quien había querido que pareciera una futura reina y se comportara como tal. Karim... Solo pensar en su nombre le sonaba raro en la cabeza. Había irrumpido en su vida en medio de una tormenta y la había desbaratado. Durante unas horas peligrosas y disparatadas, había creído que podría ser algo más que el hambre al que habían mandado para que la recogiera, que podría ser algo especial. Sin embargo, no había podido estar más equivocada. Si hubiese necesitado algo que se lo confirmara, el viaje que hicieron hasta allí habría bastado. Le había prestado tan poca atención que podría haber sido parte de un equipaje que tenía que entregar a Nabil. Cuando consiguió liberar su todoterreno, agarró la pequeña maleta de ella, la guardó en el maletero, abrió la puerta del acompañante y esperó sin decir una palabra. Cuando pasó a su lado para montarse, él permaneció rígido como una estatua y se apartó un poco para no tocarla. Solo movió los ojos, pero eran impenetrables.

–El cinturón de seguridad.

Eso fue lo único que dijo, que ordenó, mientras se sentaba al lado de ella y ponía el motor en marcha. Cuando ella intentó hablar, él se limitó a mirarla de soslayo y a hacer un gesto para señalar la lluvia que complicaba mucho la visibilidad.

–Tengo que concentrarme. Tenemos que llegar al aeropuerto y salir hacia Rhastaan antes de que Ankhara descubra dónde estamos.

Si había algo que podía cerrarle la boca definitivamente, eso lo consiguió. ¿Cómo había podido olvidarse del hombre que quería impedir que se casara con Nabil? Él encabezaba un grupo que haría casi cualquier cosa con tal de que nunca se produjera la alianza que representaba su matrimonio. Sintió un frío helador que no tenía nada que ver con el clima. Independientemente de lo que hubiese pasado entre ellos, necesitaba que Karim la llevara a Rhastaan sana y salva. Lo habían mandado para que la protegiera y eso era lo que estaba dispuesto a hacer, eso y nada más. Ella, por el momento, solo podía acompañarlo y hacer lo que le dijera.

Nada cambió en el aeropuerto. La sacó del coche, la llevó por una serie de pasillos y puertas y la montó en el avión privado antes de que supiera exactamente dónde estaban. Karim se ocupó de todos los trámites y, una vez sentada y con el cinturón de seguridad puesto, el propio Karim desapareció en la cabina para pilotar el avión hasta Rhastaan. No volvió a verlo desde que despegaron hasta justo antes de aterrizar, o, al menos, ella no sabía si había vuelto a aparecer. Una vez en el aire, y más relajada después de que una amable azafata le preparara una comida ligera y una bebida caliente, la tensión de los días anteriores y de la accidentada noche se adueñó de ella y se quedó dormida. No se despertó hasta que la misma azafata le tocó en el hombro para pedirle que se abrochara el cinturón de seguridad.

–Señora...

Una delicada tos hizo que mirara hacia la puerta, donde estaba Aliya, la doncella que le habían asignado.

–Señora, una visita está esperándola abajo.

Nabil. ¿Quién podía ser si no? Había estado esperándolo desde que llegó al palacio. En realidad, le había extrañado que su futuro marido no estuviera esperándola en el aeropuerto o que, al menos, hubiese concertado un encuentro en cuanto la limusina negra entró en el palacio.

Se había preparado y había estado decidida a no mostrar la más mínima debilidad delante de Karim. Él creía que había intentado eludir sus responsabilidades y que no era apta para ser reina. Por eso, no iba a permitir que viese que tenía miedo o que estaba preocupada. Esperando encontrarse con Nabil, entró en el palacio con la cabeza alta y la espalda recta, pero se encontró con su chambelán. Desde entonces, había estado sola en sus aposentos del palacio. Sin nadie a quien hablar y sin nadie que la acompañara.

Una vez, vio a Nabil en el patio. Estaba hablando con una joven baja, morena y muy guapa. Tenía la cabeza inclinada hacia ella y no vio que estaba en la ventana observándolos. Por un instante, se planteó salir y hablarle, pero cambió de opinión. Ese matrimonio se había concertado cuando los dos eran muy jóvenes y no podían hacer nada al respecto. Era pre-

ferible dejar las cosas como estaban y esperar a que
Nabil quisiera acudir a ella. Sin embargo, justo después se enteró de que se había marchado de la capital
para ir a su palacio de verano. Evidentemente, tenía
tan poco interés como ella en que se celebrara ese
matrimonio.

En ese momento, parecía que por fin había llegado
el momento del encuentro. Se puso muy recta, tomó
una bocanada de aire y asintió con la cabeza a Aliya.

—Ya voy.

El hombre que estaba esperándola en la sala de la
planta baja era más alto y más ancho que lo que había previsto que fuera un muchacho que acababa de
cumplir dieciocho años. También estaba mirando por
la ventana, como había estado haciendo ella unos minutos antes, tenía la cabeza un poco inclinada y apoyaba una mano muy fuerte en la pared. Se acercó y
reconoció el anillo de oro con un sello que llevaba en
el dedo anular.

—Yo... ¿Karim...?

El corazón le dio un vuelco tan violento que se
quedó sin respiración y los latidos le retumbaron en
los oídos. Él se dio la vuelta tan lentamente que ella
llegó a creer que quizá hubiese sabido que estaba allí
a pesar de que había entrado sin hacer ningún ruido.

—Clementina...

Él inclinó levemente la cabeza como reconocimiento a la posición de ella en esa corte. Su actitud
indicaba que él también era un príncipe y que, como
tal, no iba a hacerle una reverencia, lo cual, a ella, le
parecía muy bien. La verdad era que ya estaba harta
de reverencias. Lo habría estado en cualquier caso,
pero, después de unos meses de libertad y de haber

vivido como una mujer normal y corriente en la casa de campo de su abuela, no podía más.

–¿Debería decir princesa Clementina...?

–¡No, por favor!

Estaba demasiado absorta intentando asimilar su figura imponente, y más impresionante todavía que antes, como para pensar en lo que tenían que decir. Nunca había visto a Karim con esas ropas blancas que contrastaban con el tono bronce de su piel y con sus ojos negros. No se había puesto el tocado y el pelo moreno y sedoso resplandecía por la luz que entraba por la vidrieras.

Sabía que lo había echado de menos, pero no había sabido cuánto hasta ese momento, cuando lo tenía delante. Se sentía como alguien hambriento a quien, repentinamente, ponían delante de un festín y no sabía a qué mirar primero, con qué deleitarse más. ¿Cómo era posible que dos días de separación le hubiesen parecido tan largos? ¿Cómo era posible que ese hombre se hubiese convertido en alguien tan fundamental en su vida en menos de una semana? ¿Cómo era posible que ella hubiese sobrevivido esos días con el vacío que había dejado él?

–Te pedí que me llamaras Clemmie.

–Pero eso era en otro sitio y en otro momento.

En otra vida, le transmitió su tono. Ella se acordó de cómo había reaccionado él ante sus ingenuos intentos de seducirlo y de cómo se había mantenido alejado de ella. Él había entregado el paquete, había cumplido su misión y ya no... Entonces, ¿por qué estaba allí?

–He venido a despedirme –le explicó él inexpresivamente y como si le hubiese leído el pensamiento.

La verdad era que ella se había imaginado que no volvería a verlo y la posibilidad de ver su cara y de oír su voz otra vez era mucho más de lo que había soñado, pero...

–¿Despedirte?

Él vio esos ojos enormes que se abrían como platos y supo que no debería haber ido. Se había convencido de que no volvería a verla, de que eso era lo mejor, lo único que podía hacer. Había jurado saldar la deuda de honor de su padre y había entregado a Clementina a Nabil. Había cumplido con su deber, había salvado el honor y ya podía volver para liberar de sus responsabilidades a su padre enfermo, para tomar las riendas de ese país que nunca creyó que fuese a gobernar.

–¿Qué más podemos decirnos?

Le remordió la conciencia cuando vio que ella se achantaba por su tono. Naturalmente, había intentado disimularlo y lo miró tan desafiantemente a los ojos que tuvo que contener una sonrisa. La Clementina rebelde e indomable que le abrió la puerta aquel día en la casita de campo seguía viva bajo esa nueva versión de ella misma, bajo la mujer alta y elegante vestida con una túnica de seda color turquesa y con el pelo recogido con un peinado muy elaborado, bajo la mujer que lo había dejado mudo cuando se dio la vuelta para mirarla.

Sin embargo, la Clementina que lo perseguía en sueños era la que tenía la piel cálida por las mantas, la que le cubría el pecho con el pelo sedoso, la que le susurraba su nombre al oído. Ese recuerdo hacía que diera vueltas en la cama y se despertara sudoroso, con el corazón acelerado y con el cuerpo en tensión.

No podía quitarse de la cabeza cuando le dijo que lo deseaba y eso estaba volviéndolo loco.

Se había convencido de que lo único sensato que podía hacer era marcharse sin mirar atrás y dirigirse a la vida de la que ella no podía formar parte, de que eso era lo mejor para los dos.

Entonces, ¿podía saberse por qué no había podido marcharse sin verla una última vez? ¿Por qué había ido allí como un adolescente ingenuo y necio que no podía separarse de lo que adoraba? Porque eso era todo lo que podía llegar a ser. La fantasía sexual de ese momento. Una que podría sustituir fácilmente con otra mujer ardiente, dispuesta y mucho menos peligrosa.

Pero había sido un error. La idea de acostarse con otra mujer solo le había recordado lo que había sentido al abrazar al Clementina, al saber que estaba entregada y completamente vedada para él. Rechazarla lo había desgarrado por dentro y recordarlo lo destrozaría.

—Estás aquí, donde tienes que estar, con un porvenir por delante. Falta muy poco para tu cumpleaños.

—Cuatro días.

Ella lo había dicho con un hilo de voz y él tuvo que inclinarse para oírlo, pero se arrepintió inmediatamente cuando el perfume floral, mezclado con el olor limpio y femenino de su piel, lo hechizó e hizo que su miembro reaccionara con vehemencia. Para disimularlo, asintió con la cabeza, retrocedió un paso y se apoyó en una columna tallada.

—Tu boda se organizará muy pronto y luego será la coronación.

—Sí, mi destino —replicó ella en el tono desafiante que había esperado él.

Sin embargo, había algo más, algo que elevó su preciosa barbilla un poco. Sus ojos tenían un brillo que delataba un sentimiento que estaba decidida a ocultar sin conseguirlo plenamente.

–Seré la reina de Rhastaan.

–Sí, lo serás.

Le costó asentir con la cabeza, como si tuviera el cuello agarrotado. Lo había obligado a afrontar lo que no quería ver. La imagen de Clemmie, Clementina, como esposa de Nabil, en la cama de Nabil, con su cuerpo esbelto y sexy entrelazado con el más rollizo de ese hombre más joven, con su boca besándolo, con sus piernas separadas...

¡No! Hizo un esfuerzo sobrehumano para abrir los puños, pero no tuvo que mirarse las palmas de las manos para saber que tenía las marcas de las uñas grabadas en ellas. Por su bien, tenía que olvidarse de la Clemmie que había conocido. Además, esa mujer regia con un maquillaje que no se parecía nada a la belleza natural que lo había impresionado, era toda una declaración sin palabras de lo que los separaba. Clemmie era la mujer que más deseaba en el mundo, pero no era una mujer cualquiera... y él tampoco era un hombre cualquiera. Lo que él deseaba no cabía en lo que tenía que suceder, por mucho que le doliera el alma al reconocerlo. La Clemmie de la casita de campo ya no existía, solo quedaba la futura reina de Rhastaan. Era la princesa Clementina y tenía que alejarse de ella o hacer que la reputación de su país y de su familia cayera más bajo de lo que ya había caído por Razi.

–Además, yo ya no tengo nada que hacer en todo esto. Esta mañana me he enterado de que han encontrado y capturado al esbirro de Ankhara. Ya no podrá hacerte nada.

–Entonces, puedes marcharte y volver a tu vida. Debería darte las gracias por traerme aquí sana y salva...

Ella se preguntó si podría haberlo dicho con menos ganas. No podía reunir fuerzas para decir nada más ni aflojar el inflexible dominio de sí misma que estaba imponiéndose. Si lo hacía, podría desmoronarse y mostrar el torbellino que la arrasaba por dentro, incluso, podría llegar a decir lo único que sabía que no podía decir jamás.

–No te vayas...

Las palabras retumbaron en su cabeza y se quedó espantada al oír que había dicho exactamente lo que no tenía que decir. Debería haber cerrado los labios con todas sus fuerzas, pero las palabras se habían escapado y ya no podía hacer nada.

–No...

Sus ojos no podían ser más negros ni su rostro más granítico. Él la miraba tan fijamente que a ella le gustaría que se la tragara la tierra.

–No digas eso.

Él se había llevado la mano al pecho, justo debajo de la base del cuello. Debajo de sus dedos, cubiertas por la delicada tela de su túnica, estaban las cicatrices que ella había palpado y que habían desgarrado su preciosa piel color bronce, esa piel que ella había acariciado y besado una vez, pero solo una.

–No sabes lo que estás diciendo.

–Sí lo sé.

De perdidos, al río. No debería haber dicho nada, pero una vez dicho, no tenía sentido reprimirse. No tenían la esperanza de estar juntos, pero sí tenían eso al menos y ella iba a aprovechar la ocasión para que supiera lo que sentía.

—Te he echado de menos... mucho.

—He estado ocupado.

¿Qué había esperado que dijera? ¿Que también la había echado de menos? Menuda estupidez, una fantasía, un sueño infantil.

—¿Ocupado con esas obligaciones que son tan importantes para ti?

Él frunció el ceño, pero a ella le dio igual. No estaba dispuesta a que su mirada gélida la callara. Si esa iba a ser la última vez que iba a estar con él, la última vez que iba a verlo, no iba a perder el tiempo fingiendo que sentía lo que no sentía.

—Espero que fuesen fascinantes y gratificantes, no como la última noche que pasamos juntos.

Él la miró con los ojos entrecerrados y como ascuas.

—No pasamos la noche juntos.

Él lo dijo en un tono de arrepentimiento amargo, pero los recuerdos que ella había revivido una y otra vez desde que llegó a Rhastaan le dieron fuerzas para seguir.

—Podríamos haberla pasado.

Él sacudió la cabeza con vehemencia, se apartó de ella y se dirigió hacia la puerta.

—Eras desdichada, tenías miedos y pesadillas y yo te tranquilicé.

—¿Eso fue lo único que hiciste? —le preguntó ella desafiantemente.

—Lo único... —contestó él con la voz ronca.

—Mentiroso —replicó ella con suavidad—. Eres un mentiroso y un cobarde por no reconocerlo —añadió con más firmeza–. Yo no tengo miedo de decir que quería más.

¿Se había pasado de la raya? ¿Lo había llevado a un punto donde él no iba a aceptar nada más? Vio que se quedaba rígido y que se acercaba un poco más a la puerta. Se le encogieron las entrañas y el corazón le dio un vuelco, pero él se detuvo y se giró.

–Yo quería más...

Entonces, ella se dio cuenta de que se había mordido el labio inferior con tanta fuerza que se había hecho sangre.

–Yo te deseaba a ti –murmuró ella–. Y tú...

No pudo seguir cuando él la miró implacablemente y con unas arrugas blancas a los costados de la nariz y la boca. Intentó decir que él la deseaba, abrió la boca hasta dos veces, pero no emitió ningún sonido. Sin embargo, lo miró a los ojos y vio que no hacía falta que dijera nada. Aun así, tenía que decir algo antes de que él se marchara. Él tenía que oírlo y luego vería si todavía podía salir por esa puerta.

Capítulo 9

TÚ ME deseabas, pero era más que eso.

–¿Cómo iba a ser más? Solo éramos un hombre y una mujer...

–De eso nada. ¿No crees que tiene que haber una persona especial de verdad, alguien hecho para nosotros aunque sea durante poco tiempo? Alguien que cambia nuestra vida, que la encauza por un camino distinto para siempre.

Creyó que no iba a contestar, que se había quedado petrificado y que no podía ni necesitaba decir nada. Entonces, parpadeó una sola vez para que ella no captara lo que estaba pensando.

–No –contestó él tajantemente–. No creo en esas fantasías absurdas.

–Pero tu hermano iba a casarse. Sentiría amor y... ¿no?

Ella se calló al ver que él negaba violentamente con la cabeza y que apretaba los labios para rechazar todo lo que ella estaba diciendo.

–¿Qué tiene que ver el amor? –preguntó él.

–Lo normal...

Volvió a callarse al ver cómo la miraba Karim mientras asentía con la cabeza con un gesto sombrío.

–El matrimonio de mi hermano se concertó para unir nuestro país con el de ella, por el bien de nuestros países, por el futuro. Como el tuyo. Los dos sabían cuál era su deber.

Había algo más detrás de esas palabras y ella no podía interpretarlo. Había dado un énfasis inusitado a «los dos sabían cuál era su deber», aunque Karim siempre daba importancia al deber y al honor. Se acordó de cómo la miró cuando le extrañó que rectificara al haber contado mal en el juego de serpientes y escaleras y le pareció desasosegante.

–¿Qué pasó con su prometida cuando tu hermano... murió? ¿Cuál habría sido su deber entonces?

–Y el mío –contestó él en un tono tan inexpresivo y opaco como sus ojos.

–¿Y el tuyo?

Tenía la espeluznante sensación de que sabía la respuesta, pero no quería aceptarla.

–Yo pasé a ser el príncipe coronado y lo heredé todo. Su título, sus tierras y su prometida.

–Su... ¿Te habrías casado con la prometida de tu hermano? ¿Habría sido tu esposa?

¿Por qué no? ¿Qué podía hacer? Él no tuvo que decirlo, la mirada gélida que le dirigió lo expresó con toda claridad.

–La boda se había concertado entre la princesa de Salahara y el príncipe coronado de Markhazad, independientemente de quién llevara el título.

–Entonces, ¿tú...? –¿explicaba eso por qué se había comportado de aquella manera en la casa de campo y se la había quitado de encima como si estuviese contaminándolo?–. ¿Estás casado?

Si antes había tenido una expresión fría, en ese momento era gélida. La miró de tal manera que sintió un escalofrío por toda la espalda.

–No estoy casado. Ella no me aceptó.

¿Esa mujer estaba mal de la cabeza? No sabía cómo había sido su hermano, pero, si tenía la oportunidad de que Karim fuese su marido, concertado o no, ¿qué mujer estaría tan loca de rechazarlo?

–No te creo. Tiene que haber algo más.

–Lo había.

Ella había buscado esa respuesta, pero ¿quería oír todo lo que él tenía que decir? Sin embargo, tenía la garganta tan seca que no habría podido pedirle que no siguiera aunque hubiese querido.

Karim se alejó de ella con la preciosa túnica blanca flotando a su alrededor y miró por la ventana con los ojos clavados en un punto lejano, un punto que ella supo que no estaba viendo.

–Maleya estaba prometida a mi hermano casi desde que nació. Cuando cumplió dieciocho años, vino a vivir a nuestro palacio para conocerlo. El matrimonio estaba concertado y con una fecha establecida, pero mi hermano pasaba mucho tiempo fuera del palacio. Estaba inquieto. Un día lo seguí y lo vi con otra mujer.

Lo dijo en un tono de censura frío y profundo. ¿Acaso ese hombre no comprendía lo que podían significar algunos sentimientos? ¿Para él solo existía el deber y el honor?

–Fue el día que Razi tuvo el accidente –añadió Karim.

¿Se había dado cuenta de que se había llevado la mano al pecho, a las cicatrices que se ocultaban bajo la delicada tela de la túnica? A ella no le hacía falta recordar cómo se las había hecho.

–Intentaste salvarlo.

Y, de paso, había intentado salvar el honor de la familia, naturalmente.

—Intenté sacarlos a los dos, pero no lo conseguí.

¿Sabía a quién estaba hablándole? Su mirada seguía perdida en el infinito.

—Ella estaba casada... con otro hombre.

Clemmie se quedó sin respiración y creyó que iba a asfixiarse. No le extrañó que fuese tan susceptible sobre ciertas cosas después de haber presenciado la muerte de su hermano en esas circunstancias. El dolor por la pérdida tenía que ser como las cicatrices de su cuerpo, que se habían curado, pero seguían allí y tenía que convivir con ellas.

—El padre de Maleya se negó a que se casara con alguien de la familia de mi hermano.

Eso tuvo que ser la ofensa definitiva, la confirmación definitiva de que su hermano había deshonrado a su familia. Ella sintió que podía comprender por qué Karim se había sentido obligado a ir a recogerla, para saldar la deuda de su padre, para reponer el honor de su familia ante su mundo. Se acercó llevada por un impulso y le puso una mano en un brazo.

—Lo siento.

Esos ojos negros miraron la mano que tenía en el brazo. Luego, los levantó y los clavó en los de ella. Si era prudente, si era sensata, debería retirar la mano y alejarse todo lo que pudiera.

Sin embargo, no se sentía sensata. No quería alejarse aunque él estuviera inclinando la cabeza y ella supiera lo que se avecinaba. Tenía los ojos clavados en sus labios con tanta intensidad que ella casi podía sentir la presión de su boca, y la necesitaba más que respirar. Era su última oportunidad. Él había ido a despedirse y ella sabía que lo haría por encima de todo. ¿Cómo iba a plantearse otra cosa el hombre que valoraba tanto el honor, y ella ya sabía por qué? Era la última vez que iba a verlo, la última vez que iba a tocarlo, la última vez que iba...

No supo quién se movió antes, solo supo que sus labios se encontraron, que sus respiraciones se mezclaron, que cerraron los ojos para disfrutar más con las sensaciones que se adueñaban de ellos. Lo agarró de las manos, el tiempo se esfumó y se quedó sola con ese hombre que le había enseñado lo que era ser mujer con su mera existencia, lo que se sentía por ser mujer, la intensidad carnal de la necesidad sexual, de la voracidad sexual. Le daba igual lo que pudiera quedar entre ellos, lo que Karim pudiera poner entre ellos, ella solo sabía que lo que deseaba estaba allí y en ese momento. Dejó escapar un grito sofocado cuando la rodeó con los brazos y la estrechó contra él. Le dio la vuelta y casi la aplastó contra la pared. Sintió el mármol duro y frío en la espalda y lo agradeció. Lo necesitaba para mantener los pies en la tierra. El resto del cuerpo le abrasaba por dentro y cada latido del corazón era como una explosión. Podía sentir la turgencia de su deseo e, instintivamente, se acomodó para colocar su erección lo más cerca posible de las ávidas palpitaciones que notaba entre las piernas.

—Clemen...

Ella temió lo que pudiera decir, a pesar de lo que su cuerpo decía claramente, introdujo los dedos entre su pelo y le bajó la cabeza para que se encontrara con la boca que lo esperaba abierta. Tenía un sabor maravilloso. Olía maravillosamente y el olor de su cuerpo le alteraba todos los sentidos. No podía creerse que solo dos días antes había estado así de cerca de él. Le parecía que había pasado un siglo desde que estuvieron arropados por las mantas y él la había abrazado con fuerza. Sin embargo, entonces quiso más y también quería más en ese momento. Había conocido el contacto de sus pieles y las caricias de sus manos, pero, aun así, no había sido bastante. Nunca sería suficiente. La avidez que empezó entonces no había dejado de aumentar. El anhelo que brotó con la idea de que él había desaparecido de su vida era abrumador y la había dominado. Había vuelto para despedirse y no podía dejar que se marchara sin haber vivido algo más. Era evidente que no le interesaba nada a Nabil. Quizá estuviesen unidos por la ley, por la diplomacia, pero él no había mostrado el más mínimo interés por ella. Quizá otros le hubiesen trazado su provenir mediante la política y los tratados, pero todavía faltaban unos días para que esos tratados entraran en vigor, para que ella cumpliera veintitrés años.

Además, por primera vez en su vida, estaba en brazos de un hombre que hacía que se le acelerara el corazón, que hacía que le hirviera la sangre, que hacía que no pudiera pensar racionalmente. Deseaba eso y deseaba a Karim. Nadie más podría despertarle eso por dentro, esa necesidad, esa voracidad. No iba a desperdiciar esa excitación y esa magia con nadie más.

Él le pasaba la lengua por la base palpitante del cuello y susurraba su nombre sin apartar los labios abrasadores de su piel, pero cuando le recorrió el cuerpo con una mano, los pezones se le endurecieron y dejó escapar un gemido de anhelo incontenible. Se derritió entre las piernas y se cimbreó contra la poderosa turgencia de Karim. Él empezó a desgarrarle la túnica de seda color turquesa. Había perdido el dominio de sí mismo tanto como ella, se había olvidado de dónde estaba, de que solo una puerta los separaba del resto del palacio.

—No podemos hacer esto aquí...

Ella lo dijo con la voz ronca y sin apartar los labios de los de él. No le aterraba tanto que alguien pudiera oírlos, sino que él pudiera intentar negar lo que había entre ellos. Solo tenían ese día, una horas. Él no podía renegar de ella, no iba a darle la ocasión. Recibió su lengua con deleite y consiguió llevarlo hacia una escalera interior que había descubierto el día anterior. Era una escalera pequeña que solo utilizaba la familia real. Subieron mientras le sujetaba la cabeza con una mano para seguir besándolo y le acariciaba el cuerpo con la otra para provocarlo, para atormentarlo y que no pudiera pensar, que no pudiera vacilar. Recibió sus gemidos de placer en la boca y lo llevó hacia la puerta de su dormitorio. Se tropezaban a cada paso que daban, subían a ciegas llevados por la pasión, pero consiguieron llegar al descansillo.

—Entra...

Lo dijo con la respiración entrecortada. Se sentía desesperada porque la túnica impedía que sus manos anhelantes acariciaran la piel ardiente de Karim.

—Clemmie...

La puerta golpeó contra la pared y el ruido retumbó en todo el palacio. Ella se quedó en tensión y esperó que él dijera que todo eso tenía que terminar en ese momento. Sin embargo, Karim la agarró de los brazos, giró para entrar en la habitación y volvió a cerrar la puerta con un pie. Dieron unas vueltas dirigiéndose casi hacia la inmensa cama cubierta de seda que se encontraba en el centro de la habitación. Casi. Karim se detuvo, se tambaleó y casi se cayó. Casi. La habitación le daba vueltas y ella se habría caído si él no estuviera agarrándola de los brazos con tanta fuerza que casi notaba los moratones que estaban formándose.

—¡Para!

Ella parpadeó, lo miró a los ojos y se estremeció al verse reflejada en ellos como pasó aquella noche en la casita de campo, una noche que le parecía que fue hacía un siglo.

—Karim...

No podía hacerle eso otra vez. No podía ser tan despiadado ni tan mentiroso. Si le exigía que parara en ese momento, solo podía ser una mentira. Notaba los latidos desbocados de su corazón y su turgencia ardiente. Entonces, ¿por qué...?

—Karim...

Consiguió llevar las manos hasta su rostro, pero notó que sus músculos se tensaban y que levantaba la barbilla para rechazar su contacto. Eso no podía estar pasándole cuando él había sido quien la había besado y acariciado en la habitación de abajo.

—Karim, por favor...

Si él no iba a dejarle que lo tocara, quizá pudiera alcanzarlo de otra manera. Se puso de puntillas y consiguió darle un beso delicado y tentador en la mejilla. Al menos, eso era lo que esperaba ella. Alargó el beso al notar el sabor tan personal de su piel en los labios. Se sentía estrechada contra él, sus pechos se

aplastaban contra la dureza de su pecho y podía per-
cibir su corazón atronador, era un placer y un tormento a la vez. El olor de su cuerpo la rodeaba como
una neblina cálida y su sabor...

–¡No!

La voz de Karim le pareció un gruñido animal, el
bufido de un felino ante un desconocido que irrumpía
en su territorio.

–Pero...

–¡He dicho que no!

La habitación empezó a darle vueltas otra vez. No
sabía qué había pasado, no supo nada hasta que
chocó con el borde de la cama y cayó sobre la colcha
de seda, adonde la había arrojado él para quitársela de
encima. Lo miró a los ojos y, por un instante, pareció
tan atónito como estaba ella. Sin embargo, parpadeó
y borró todas las emociones de esa superficie negra
y pulida.

–No te deseo –afirmó él inexpresivamente.

Eso era excesivo. Había notado la tensión ardiente
de su cuerpo, había paladeado el sabor de sus besos,
la había acariciado y la había estrechado contra la poderosa evidencia de su avidez.

–Mentiroso –replicó ella–. Eres un mentiroso y esa
es la mentira más imposible. Al menos, podrías ser
sincero.

Karim echó la cabeza hacia atrás como si lo hubiesen abofeteado y entrecerró los ojos con rabia. Por
un momento, ella creyó que iba a tirarle algo, fuese
físico o verbal, o que iba a darse media vuelta para
marcharse de la habitación. Sin embargo, tomó una
bocanada de aire y asintió con la cabeza lentamente.
Ese dominio de sí mismo era lo que la preocupaba.

–¿Qué conseguiría con eso?

Significaría mucho para ella. Le daría algo a lo que agarrarse en el porvenir árido y sombrío que tenía por delante. Sabría, y recordaría con felicidad, que un hombre, ese hombre, la había deseado por sí misma, no por el dinero, el poder y los tratados que ella implicaba. La había deseado porque lo había excitado, porque era una mujer y él era un hombre.

Sin embargo, no podía decirlo. Sería como arrancarse el alma y tirarla delante de él para que se burlara o, peor todavía, para que no le hiciera ningún caso.

–Sería lo honroso –contestó ella.

Él hizo una mueca casi imperceptible y ella, con una sensación de triunfo agridulce, supo que había acertado en la diana.

–¿De verdad, princesa? –preguntó él haciéndole añicos el corazón.

La había llamado «princesa» y la había puesto en su sitio; le había dejado muy claro lo que pensaba de ella. Quizá se sintiese atraído físicamente por ella e, incluso, la anhelara tanto como ella lo anhelaba a él, pero seguía siendo solo la misión que le habían encomendado, la novia que se había fugado y que él había tenido que recuperar, la futura reina que él había tenido que llevar hasta el trono, y todo ello para que su honor quedara satisfecho.

–¿Sería honroso que aprovechara la situación y lo empeorara más todavía?

Karim se acercó lentamente. Ella, inquieta, se puso de rodillas.

–No... entiendo...

–¿Querías sinceridad? Pues te daré sinceridad.

De repente, ella no quería que dijera nada. Esa sinceridad que había buscado le parecía peligrosa y muy amenazante. Sin embargo, ella lo había presionado y no podía encontrar las palabras para detenerlo, ya era demasiado tarde.

–No te deseo –Karim la miró con unos ojos abrasadores que le leyeron el pensamiento–. Te deseo con toda mi alma. No lo dudes jamás.

Le agarró una mano y se la puso sobre la erección candente durante unos segundos. Luego, la soltó y retrocedió unos pasos.

–Te deseo tanto que estoy desgarrándome por dentro por no tenerte, pero ¿de qué iba a servirnos?

Parecía como si un aro de hierro le atenazara la cabeza y cada vez la apretara más. Karim le había concedido lo que ella había creído que quería. Mejor dicho, ella se lo había sacado. Él le había dicho lo que ella se había convencido de que quería oír, y lo único que había conseguido había sido abrir una distancia mayor entre ellos.

–Tú... tú sabes que fue un matrimonio concertado, que yo no participé ni di mi consentimiento. Era una niña. ¡Mi padre me vendió!

–El trato sigue siendo vinculante. Estás aquí para convertirte en la reina de Nabil.

¡Ella no quería ser nada de Nabil! Sin embargo, sabía lo peligroso que podía ser decirlo. Bastante tenía con pensarlo, pero, si se lo decía a Karim, ya no habría marcha atrás. ¿Cómo había conseguido vivir y llegar hasta donde había llegado sin hacer frente a la pesadilla que iba a ser su porvenir? Había sabido instintivamente que, si salía de la cápsula de cristal que se había construido alrededor, nunca podría soportar aquello. Sin embargo, Karim había entrado en su vida, había hecho añicos la cápsula de cristal, la había sacado de allí, había dejado que entrara el mundo de verdad y, como en la historia de la caja de Pandora, una vez abierta, ya no podía volver a meter nada. Además, en su caso, ya ni siquiera quedaba esa cosa diminuta que se llamaba esperanza.

–Sin embargo, no todavía –replicó ella.

Clemmie se levantó de la cama. Tenía que poder mirarlo a los ojos, no mirarlo desde donde estaba. Su altura ya le daba bastante ventaja.

–El trato entre nuestros países, mi matrimonio con Nabil, solo entrará en vigor cuando yo tenga veintitrés años.

Él la miró con un brillo en los ojos que le advertía que no siguiera, pero ella no pudo contenerse, estaba luchando por su vida.

–¡Además, a Nabil le da igual! Ni siquiera estaba aquí para recibirme y lo vi con otra chica.

Eso no demostraba nada, pero la reacción de Karim lo delató. Vio la sombra de algo en sus ojos y supo que él sabía más de lo que decía. Eso le dio fuerzas para seguir.

–Él tiene que aceptarme formalmente como su reina. Antes de eso, soy libre y puedo estar con quien quiera... contigo. Como estuve aquella noche en la casa de campo.

Él también conservaba esos recuerdos. Ella lo supo cuando bajó la mirada y apretó los labios para que no afectaran a su pensamiento racional.

–Nunca fuiste mía –replicó él con frialdad e inexpresivamente.

–¡Pude haberlo sido!

–No, no pudiste. Eres de Nabil.

–No era propiedad de Nabil ni lo soy ahora.

–Estabas vetada. Me enviaron para que te trajera aquí porque todo el mundo confiaba en mí; Nabil, mi padre, mi país... No traicionaré esa confianza.

–Porque eres un hombre con honor.

–Lo dices como si fuese un insulto.

–No...

–Entonces, creo que hemos vuelto al punto de partida.

Karim se pasó las manos por el pelo, se frotó la cara y cerró los ojos un momento.

–Princesa... –él lo dijo para dejar las cosas en su sitio sin tener que decir nada más–. He venido a despedirme y eso es lo único que podemos decirnos.

Ella abrió la boca para pedirle por favor que no lo hiciera, pero no pudo emitir ningún sonido. Además, Karim tampoco le habría hecho caso, como decían claramente su mirada opaca y su rostro inexpresivo.

–Por eso, adiós.

Él inclinó la cabeza sin ningún sentimiento, se dio media vuelta y se dirigió hacia la puerta llevándose consigo todo lo que antes le había aportado a su vida. No podría marcharse sin más, no podría darle la espalda... Sin embargo, parecía que Karim era perfectamente capaz de hacer precisamente eso. ¿Cómo podía impedirlo? ¿Qué podía hacer para que la escuchara y cambiara de idea?

–¡Pero yo te amo!

Capítulo 10

EL SILENCIO fue absoluto y casi aterrador, pero lo único que cambió fue que Karim se quedó completamente inmóvil, de espaldas a ella, con la cabeza alta y los ojos clavados en algún punto delante de él. Aparte, no dio ninguna señal de que lo hubiese oído. ¿Tendría que repetirlo?

Lo haría si tenía que hacerlo porque había sabido que era verdad en cuanto las palabras salieron de su boca. Qué camino había recorrido desde que se conocieron y despertó, desde que supo lo que se sentía al ser mujer, hasta ese momento, cuando sabía amar como una mujer, con todo lo que podía dar el corazón de una mujer. Sabía que el amor de esa mujer era lo suficientemente fuerte como para soportar lo que le pudiera deparar el futuro si pudiese estar con él esa noche, si pudiese amarlo y atesorar esos recuerdos en su corazón cuando el matrimonio concertado la aprisionara de por vida.

–Yo...

Iba a repetirlo, pero Karim se había movido y se daba la vuelta lentamente para mirarla.

–¿Me amas?

¿Esperaba que lo negara? ¿Acaso quería que lo negara? ¿Era eso lo que transmitía con su expresión implacable y los músculos en tensión? Fuera lo que fuese, ya era imposible echarse atrás.

—Sí, te amo.

Le parecía más certero cada vez que lo decía. Era un sentimiento que había ido creciendo dentro de ella como una semilla que se había convertido en un tallo que brotaba de la tierra. El tallo ya era visible y ella podía reconocerlo. Le alegraba verlo y agradecía saber que había sentido eso al menos una vez en la vida. Amaba a ese hombre y ya no tendría que sobrellevar una existencia sin saber lo que se sentía al hacerlo.

—Te amo —repitió ella porque le gustaba y hacía que sonriera.

Una sonrisa que no se reflejaba en el rostro de Karim.

—¿Por qué me amas?

¿Qué pregunta era esa? La había desarbolado desde que apareció en la puerta de su casa y nada había vuelto a ser igual.

—¿No es evidente? Te amo por ser quien eres, por tu valor al intentar rescatar a tu hermano, por tu lealtad hacia tu padre y tu país, por tu sentido del honor. ¡Ni siquiera pudiste hacer trampas en un juego de serpientes y escaleras!

Ella se rio, pero su risa fue deshaciéndose en mil pedazos cuando vio cómo la miraba.

—Entonces, entenderás por qué hago esto.

—Sí... No...

Supo a dónde quería llegar y un dolor insoportable le atenazó el corazón sin compasión.

—Pero no tienes que hacerlo. ¡No quiero que lo hagas!

Él frunció el ceño con un gesto casi amenazante.

–No se trata de lo que tú quieras ni de lo que yo quiera. Es inevitable. Estás legalmente prometida a Nabil.

–Pero...

Karim levantó una mano para silenciarla, pero lo que la silenció de verdad fue lo que vio en sus ojos.

–Dices que me amas. Entonces, tienes que amarme como soy –él hizo una pausa para que ella asimilara las palabras–. El hombre que soy, mi sentido del honor.

Su corazón herido había dejado de latir. No podía respirar y sabía que tenía que estar más pálida que la almohada de su cama.

–No... –replicó ella con un hilo de voz, consciente de que no serviría para nada–. Por favor... Una sola vez...

Lo dijo aunque sabía que era imposible. «Una sola vez» quebrantaría el código moral que regía la vida de él. Los uniría y destruiría en el mismo instante, pero la alternativa le destrozaría el corazón a ella. No había alternativa.

–¿Cuándo...?

Ella no pudo terminar la pregunta porque sabía, con una espantosa sensación de fatalidad, cuál era la respuesta.

–Ahora.

Karim se reconocía que, si se quedaba, lo destruiría. No podía seguir con ella sin tumbarla en esa cama y hacer el amor con ella, sin hacer lo que le pedía y, evidentemente, deseaba. Se había ofrecido a sí misma en una bandeja. Él también lo deseaba, lo deseaba tanto que estaba desgarrándolo por dentro. Además, no sabía cómo iba a poder salir por la puerta sin mi-

rar atrás. Era impresionante, la tentación personifi-
cada, pero... ¿amor?

Si necesitaba algo que lo convenciera de que estaba haciendo lo que tenía que hacer, esa palabra lo
había conseguido. No podía quedarse si no podía co-
rresponder a ese amor. ¡No podía quedarse en ningún
caso! Había estado vetada desde el principio y seguía
vetada en ese momento. Las repercusiones de dejarse
llevar por la voracidad carnal que sentía serían como
las de una explosión nuclear. No podía ofrecerle ninguna esperanza de nada, no podía quedarse cuando
eso solo destruiría el porvenir de ella también.

—Si lo hago, no seré el hombre que amas, seré un
hombre completamente distinto.

Él vio que lo asimilaba y que se daba cuenta de que
era verdad. Ella asintió con la cabeza. Había algo
que hacía que tuviera los músculos de las mandíbulas
en tensión, ¿era orgullo, rabia o un desafío? Sin embargo, sus ojos color ámbar estaban ensombrecidos
por algo que le remordió la conciencia. No tenía ni
el tiempo ni el derecho de mitigar aquello. La única
forma de hacerlo era rápida y tajantemente.

—Adiós, princesa.

Entonces, ante su espanto, vio que se clavaba los
dientes blancos en la delicada piel del labio inferior. No
pudo soportarlo y, casi inconscientemente, se acercó,
le tomó la barbilla temblorosa por el esfuerzo que estaba haciendo y le levantó la cara para que lo mirara.

—No lo hagas...

Le pasó un pulgar por la boca para liberarle el labio de los dientes, pero había cometido dos errores.
El primero era el peor. La había tocado y ya sabía
que viviría toda su vida con la sensación de ese con-

tacto y con la calidez de su aliento en la piel. Además, estaba tan cerca que podía verse reflejado en el delator brillo de sus ojos. Ella no podía complicárselo más, pero él sí podía facilitárselo más a ella. Podía marcharse de allí inmediatamente y dejarle que siguiera con su vida.

Sin embargo, no podía marcharse sin un último beso. El primer beso quiso ser firme, rápido y en la frente. Una despedida desapasionada, sin sentimientos. Sin embargo, cuando sus labios tocaron su piel, supo que no iba a ser suficiente. Le levantó un poco más la barbilla y bajó la cabeza. Ese beso se alargó más y transmitió toda la avidez que lo dominaba por dentro. Tanto, que se sintió arrastrado por una oleada de sensualidad que amenazó con ahogarlo.

Hizo un esfuerzo sobrehumano y se separó de ella.

–Adiós, Clemmie.

Le dolió físicamente volver hacia la puerta. Todo su cuerpo se quejaba a gritos, pero se obligó a no hacerle caso. Esa vez iba a marcharse y no iba a mirar atrás. Una vez en el pasillo y con la puerta cerrada, cuando ya no podían verlo, se dio cuenta de que había estado conteniendo la respiración todo el rato. Tardó un momento en volver a respirar e hizo un esfuerzo para seguir. Salió del palacio de la única forma que pudo, poniendo un pie delante del otro y sin mirar atrás ni una vez.

Clemmie vio que la puerta se cerraba y los ojos le abrasaron inhumanamente. Sin embargo, las lágrimas que había estado a punto de derramar se habían desvanecido. No podía llorar y no lo haría. Le había dicho a Karim que lo amaba y él, aun así, se había marchado sin mirar atrás ni una vez. Además, el verdadero problema era que entendía perfectamente por qué lo había hecho.

Había permitido que el hombre al que amaba saliera de su vida y no podía hacer nada más. Él tenía razón. Si se hubiese quedado, si hubiese aceptado lo que le había ofrecido, no habría sido el hombre del que se había enamorado. Había perdido el corazón por un hombre íntegro y no había pensado que tener ese sentido del honor se volvería contra ella y le desgarraría el alma.

Lo amaba, pero también lo odiaba por tener tanta razón. No podía discutir sus motivos para haberse comportado como había hecho, por mucho que quisiera que no lo hubiese hecho. Podía discutir con cualquiera, incluso, consigo misma, pero no podía discutir con él.

Se llevó una mano a los labios para retener el recuerdo del beso todo lo que pudiera. La boca estaba secándosele, pero todavía podía captar su sabor en los labios. Si hubiese sabido cómo llamarlo, cómo encontrar una solución a todo eso, lo habría hecho. Sin embargo, la verdad era que no había solución. No podía hacer que volviera sin destruirlo, sin destruir al hombre que amaba por su integridad. Si se hubiese quedado, no sería ese hombre íntegro. ¿Cómo iba a odiarlo por ser así aunque hubiese acabado con su única oportunidad de ser feliz?

Antes, había llegado a pensar que tenía que afrontar su destino con tristeza y cierto miedo, pero, en ese momento, su porvenir le parecía mucho más sombrío, mucho más desolador, porque había vislumbrado lo maravillosa que podría haber sido la alternativa.

Una alternativa que ya había desaparecido para siempre.

Capítulo 11

QUÉ dices que ha hecho?

Karim no podía creerse lo que acababa de oír. Había entendido las palabras, pero no tenían ni el más mínimo sentido. Mejor dicho, sí tenían sentido, pero no se atrevía a creerse lo que querían decir.

–Nabil ha renunciado a ella, ha rescindido el contrato de matrimonio –repitió su padre mientras le entregaba el papel que había estado leyendo.

Karim lo tomó y lo miró fijamente, pero las palabras le bailaban delante de los ojos.

–Tiene ese derecho –siguió su padre con calma–. Siempre fue parte del tratado.

Tendría ese derecho, pero... ¿por qué? Las palabras se detuvieron y por fin pudo leerlas.

–Ha renunciado a ella... –él repitió las palabras de su padre, pero en un tono más ronco que su padre por lo que implicaba para Clementina, para Rhastaan... y para él–. Pero ¿por qué?

El resto del mensaje aclaraba las cosas en un sentido, pero las embrollaba más en otro. Quizá su padre no lo viera, pero él sabía con certeza quién estaba detrás de eso.

Al parecer, Adnan, el exagente de seguridad que había estado a sueldo de Ankhara, había contado a Nabil, después de un interrogatorio, la noche que

Clemmie y él habían pasado en la casa de campo.
Una noche que el prometido de Clemmie, y toda su
corte, habían interpretado de una forma muy distinta
a la verdadera. El informe que había recibido su padre no daba nombres, pero él sabía muy bien quién
era el hombre implicado. Le remordió la conciencia,
pero las cosas seguían sin tener sentido. Independientemente de las acusaciones, Clemmie debería haberse
limitado a decir la verdad; que no había pasado nada.
¿Por qué no había dicho nada ni le había arrojado a
Nabil sus acusaciones a la cara?

–Nabil tenía ese derecho... Nabil ha tomado esa decisión –contestó su padre con un aspecto más sano–.
Nuestra participación en esto ha terminado. Tú cum-
pliste con la promesa que le hice al padre del muchacho. El honor ha quedado satisfecho.

Esas palabras, que deberían haber significado tanto
para él, le parecían vacías. El honor quizá estuviera
satisfecho, pero él no lo estaba. ¿Cómo iba a estarlo
si cada día que había pasado en Rhastaan le había parecido sombrío y vacío?

«¡Pero yo te amo!». Ese grito apasionado de Clemmie le retumbaba en la cabeza y hacía que retroce-
diera a aquel día espantoso en el palacio de Nabil,
cuando se sintió como si estuvieran partiéndolo por
la mitad mientras se alejaba de ella porque era la prometida de Nabil, la futura reina de Rhastaan, algo que
ya no era.

El ruido dentro de su cabeza era tan fuerte que le
sorprendió que su padre no lo oyera. Era tan ensor-
decedor que le tambaleó la cabeza, era el ruido de cadenas que se soltaban y caían al suelo. Las cadenas
que los habían encadenado a Clementina y a él, que

los habían atado a una situación donde no podían llegar ser ellos mismos, donde no podían ser un hombre y una mujer.

Volvía a estar en el palacio de Nabil y recordaba cómo había mirado a Clemmie con la túnica de seda, el complicado peinado y el maquillaje que la identificaban como la futura reina de Rhastaan, la mujer vedada para él.

Sin embargo, ya no era la princesa Clementina, sino Clemmie Savanevski. Entonces, había deseado que no fuese una princesa, sino nada más que una mujer, lo que era en ese momento.

Además, en esas circunstancias, él no era nada más que un hombre. El hombre al que Clemmie había hechizado desde el momento que la conoció y cuya existencia había quedado ensombrecida y cercenada desde que ella desapareció.

¿Podrían empezar otra vez cuando no eran nada más que un hombre y una mujer?

–¡Feliz cumpleaños! ¡Feliz cumpleaños!

La frase se repetía una y otra vez en la cabeza de Clemmie, aunque el tono jubiloso contrastaba con su estado de ánimo. Ese día cumplía veintitrés años, pero no encontraba ningún motivo de celebración. Su vida era completamente distinta a la que se había imaginado que sería. El camino que había creído que tomaría estaba cerrado para ella y no sabía a dónde iría. Se sentía perdida e insegura. Además, tenía mucho frío. Sintió un escalofrío y se rodeó con los brazos mientras iba de un lado a otro de la habitación para entrar en calor. La chimenea que había encendido parecía no servir para nada, ¿o sentía más frío porque se había acostumbrado a vivir en el calor del desierto aunque había pasado bastante poco tiempo allí? ¿Sería que el frío le llegaba de dentro, del corazón, y no del tiempo invernal?

Todo había cambiado mucho desde que, hacía cuarenta y ocho horas, la convocaron en el salón del trono para que conociera a Nabil por fin. Suspiró, separó las cortinas y miró la lluvia gélida que golpeaba contra el cristal. Aquel día el sol había brillado con toda su fuerza en Rhastaan, como seguiría brillando sobre Nabil y su nueva princesa, la chica que siempre había querido como novia, la chica por la que la había repudiado. La mañana había sido como todas desde que llegó al palacio. Le habían llevado la bandeja con el desayuno y le habían preparado la ropa, un vestido largo de seda de color fucsia. Su doncella había sido tan respetuosa como siempre y no había notado nada que pudiera prevenirla de lo que se avecinaba. Aunque la verdad era que se sentía tan abatida por cómo la había abandonado Karim dos noches antes que dejó que la vistieran, peinaran y maquillaran como si fuese una autómata. Tenía que haber una solución para todo aquello, pero no podía encontrarla.

Al final, fue el propio Nabil quien le había dado una salida, y no como ella había previsto.

Oyó unos pasos que bajaban por la escalera y se dio la vuelta con una sonrisa mientras un pequeño torbellino moreno irrumpía en la habitación seguido por su madre.

–¡Clemmie! –Harry se abalanzó sobre ella y la abrazó con todas sus fuerzas–. ¡Feliz cumpleaños!

–¿Crees que se cansará alguna vez de decirlo? –le preguntó ella a Mary por encima de la resplande-ciente cabeza morena.

–Lo dudo –su amiga se rio–. Al fin y al cabo, este es el primer año que tiene una hermana mayor a la que desearle feliz cumpleaños.

–Bueno, espero que haya muchos más –replicó ella haciendo un esfuerzo para que no le temblara la voz–. Parece ser que este va a ser mi hogar de ahora en adelante.

–Un sitio diminuto después de lo que habrías po-dido tener –Mary miró la pequeña habitación destar-talada–. Cuando pienso en lo que te han arrebatado...

–¡No! –Clemmie la tranquilizó apresuradamente–. ¿Qué me han arrebatado? Un matrimonio con un hom-bre al que no amaba y que no me quería. Un reino que nunca habría sido el mío.

En cambio, había ganado la libertad de su tiránico padre y la posibilidad de tener una relación verdadera con su adorado hermano menor.

–Es verdad –Mary recogió el chaquetón de Harry para irse a casa–. Visto de esa manera, no has per-dido gran cosa.

Clemmie se reconoció a sí misma que Mary había tenido que decir eso porque no le había contado la historia completa. No sabía nada de la verdadera pér-dida que había supuesto todo aquello, del vacío que le desgarraba el corazón, de la pérdida del hombre del que se había enamorado tan profunda y comple-tamente que le parecía como si la vida tuviera un agu-jero insondable en medio.

–Además, incluso el tratado de paz se mantuvo al final, aunque después de una ardua tarea diplomática.

–Solo porque tú permitiste que Nabil consiguiera todo lo que quería. Pudiste haber luchado un poco más y haberle dicho que se había equivocado completamente.

Clemmie sintió un escalofrío en la espalda al acordarse del último día que pasó en el palacio de Rhastaan y de las acusaciones de Nabil.

–No quise luchar. Además, ¿de qué habría servido?

Lo único que habría podido hacer era decir la verdad y eso habría empeorado las cosas.

–Pero te expulsó y ni tu propio padre te acepta. Me contaste lo que te dijo –replicó Mary sacudiendo la cabeza con una expresión de preocupación por su amiga.

–Estás mancillada, ¿qué hombre va a quererte ahora?

Clemmie repitió la despectiva reacción de su padre.

–Yo.

La voz llegó desde detrás de ella, desde la vieja puerta que se había abierto silenciosamente para que un hombre entrara en la habitación. El hombre. Ese hombre que ella había creído que no volvería a ver. Un hombre que parecía más alto, sombrío y peligroso que nunca. Lo había conocido allí mismo, cuando fue a buscarla. La había devuelto a Rhastaan porque su padre le había encomendado esa tarea y porque su honor le exigía que saldara la deuda que su familia había contraído con Nabil. La había entregado y se había alejado porque, a pesar de que había reconocido que la anhelaba con todas sus fuerzas, su maldito honor le exigía que lo hiciera.

Ella le había dicho que lo amaba y que lo deseaba

tanto como él a ella, pero, aun así, él se había marchado.

En ese momento, Karim había vuelto a su vida y ella no sabía ni el motivo ni lo que tenía pensado.

–Karim... –susurró ella con un hilo de voz.

–Clementina.

Él lo dijo con mucha más firmeza, pero con la voz ronca y casi sin mirar alrededor, sin fijarse ni en Mary ni en el niño que lo miraba boquiabierto.

Iba poco vestido para el tiempo que hacía. Solo llevaba una cazadora de cuero y una camiseta blanca tan mojada que se le transparentaban los rizos oscuros del pecho. Tenía el pelo pegado a la cabeza y las gotas de agua hacían que los pómulos parecieran afilados como cuchillos. Sin embargo, el brillo de sus ojos negros la cautivó y la dejó sin respiración. Esos ojos estaban clavados en ella con tanta intensidad que la dejaban en carne viva. Sus propios ojos lo miraban como hipnotizados y no podía moverse por mucho que su cabeza le dijera a gritos que saliera corriendo. Sin embargo, ¿tenía que correr para alejarse de él o para abalanzarse sobre él? No lo sabía y su cerebro era incapaz de darle una respuesta.

–Clemmie... –Mary intentó llamarle la atención aunque, a juzgar por su tono, sabía que había pocas posibilidades–. Creo que debería marcharme. Harry, vámonos, ponte el chaquetón.

Había algo en el ambiente de la habitación que el niño había captado y no dijo nada, ni siquiera se resistió cuando su madre le puso el chaquetón antes de ponerse el suyo. Además, la conexión entre ellos dos seguía siendo algo casi físico, como una tela de araña imposible de romper.

–Llámame...

Mary estaba sacando a Harry de la habitación, pero se detuvo un instante en la puerta, se dio la vuelta y los miró, aunque de una manera muy distinta.

–Si me necesitas...

–Te necesitará.

Karim podría haberlo dicho al aire. Ni siquiera giró la cabeza lo más mínimo para dirigirse a Mary, que estaba detrás de él. Clemmie solo pudo asentir levemente con la cabeza sin apartar la mirada del hombre que tenía delante. Cuando su amiga y Harry se marcharon y cerraron la puerta, ella parpadeó varias veces, pero él seguía estando allí.

–¿Qué... haces... aquí? –consiguió preguntar ella balbuciendo.

Karim ni siquiera esbozó una sonrisa.

–Sabes por qué estoy aquí –contestó él con cierta aspereza–. He venido a por ti.

Era exactamente lo mismo que le dijo la primera vez que apareció en la puerta de la casa de campo. En aquel momento, tomó su vida, su corazón, entre esas poderosas manos y le dio la vuelta como a un calcetín. Entonces, ¿se había vuelto loca para alegrarse tanto de verlo? No lo sabía y le daba igual. Solo sabía que el corazón le había dado un vuelco al verlo y que se alegraba de tener la oportunidad de pasar unas horas con él. Unas horas para poder mirar la fuerza de su rostro, para oír su voz. Unas horas para darle forma física a esa avidez que la había perseguido por las noches y que había hecho que se despertara empapada por el sudor.

–¿Y cómo lo hacemos?

¿Sentiría él lo mismo que sentía ella? ¿Ese anhelo

que sentía ella había hecho que él tuviera la voz tan ronca? ¿Estaban separados por una alfombra raída o se había abierto un abismo entre ellos y ella no sabía cómo cruzarlo?

Entonces, Karim abrió tanto los brazos que la camiseta blanca se tensó sobre su pecho.

–Maldita sea, Clementina, ya podemos hacerlo. Ven a mí antes de que me vuelva loco por desearte tanto.

Ella también lo deseaba. Deseaba que la rodeara con sus brazos, pero, al mismo tiempo, su cabeza le advertía de que no sabía por qué estaba allí. Solo sabía que había ido a por ella.

Dio un paso vacilante y fue como si se hubiese roto el hechizo que la tenía petrificada. Dio otro paso, otro más y empezó a correr, a volar, hacia esos poderosos brazos.

Él también se precipitó hacia ella y, cuando se encontraron, chocaron con tanta fuerza que Clemmie se tambaleó y cayó arrastrando a Karim con ella. Aterrizaron en el sofá, con él encima de ella, y se quedó sin aliento cuando los labios de él se apoderaron de su boca. Su sabor se le subió a la cabeza como el más potente de los destilados y la embriagó en un segundo. Era lo que más deseaba, pero no era suficiente. ¿Cómo iba a ser suficiente si era lo que necesitaba y había anhelado? Solo había pasado unos días alejada de él, pero esos días la habían desesperado. Él levantó levemente el cuerpo y ella creyó que iba a separarse. Lo agarró de los hombros, introdujo las manos entre su pelo y lo estrechó contra sí.

–No... No me dejes...

Fue un lamento suplicante y sintió, más que oyó, la risa que estremeció al cuerpo de él.

–No –dijo él sin separar los labios de los de ella–. Rotundamente, no. He cruzado medio mundo para esto y no pienso abandonar ahora.

Solo se había movido para colocarla debajo de él y que el calor y el peso de su cuerpo la aplastaran contra los raídos almohadones del sofá. No podía casi respirar, pero era lo que había soñado todas las noches y anhelado todos los días. La besaba, su lengua buscaba la de ella, la tentaba, la provocaba. Ella se dejó llevar encantada, la cabeza le daba vueltas de felicidad, la intensidad sensual de sus besos la enloquecía. Él tenía la camiseta mojada, pero a ella le daba igual, le confirmaba que no era una fantasía, que era real, que él estaba allí con ella.

Tenía un sabor maravilloso, su olor era maravilloso, su contacto era maravilloso. Era virilidad en estado puro y hacía que se sintiera plenamente femenina. La acariciaba por todo el cuerpo, la incitaba, la exigía. Cuando le tomó los pechos por encima de la lana del jersey, arqueó la espalda porque necesitaba más.

Ella le quitó la cazadora de cuero y la tiró al suelo. La camiseta fue detrás, junto al jersey de ella, que le había quitado él para poder acariciarle los pechos cubiertos por el sujetador de seda rosa. Un instante después, el sujetador se añadió al montón de ropa que estaba en el suelo y ella suspiró cuando el contacto de las pieles la abrasó; creyó que iba a desmayarse de placer.

Su boca bajó a un pecho y se lo succionó con delicadeza al principio, pero enseguida le tomó el pezón entre los dientes hasta que ella dejó escapar un gemido incontrolado.

–Más... Más...

Clemmie jadeó, se contoneó, sabía lo que quería, pero todavía no se atrevía a creer que estaba a su alcance, que podía llegar a saber lo que era ser poseída por ese hombre.

–Habrá más, te lo prometo –replicó Karim con la voz ronca–. He esperado... He anhelado... He venido para recibir mi recompensa y a darte todo lo que necesitas. Como esto...

Le tomó el otro pecho con la boca y se lo succionó y lamió hasta que le abrasó de placer tanto como el anterior.

–Y esto...

Fue bajando la boca a lo largo de toda su piel hasta que llegó a la cinturilla de los vaqueros. Ella contuvo la respiración inmóvil, anhelante. Él se detuvo un instante, hasta que le desabrochó la hebilla del cinturón, le bajó la cremallera y le besó la piel mientras le quitaba los pantalones.

–Sí... ¡Sí!

Introdujo las manos entre su pelo para que siguiera mientras el rincón más intimo de su ser palpitaba con avidez. Necesitaba más y lo necesitaba en ese instante, aunque tampoco quería perderse un segundo de esa sensación tan maravillosa que estaba provocándole. Con un atrevimiento que no se había podido imaginar, le desabrochó los vaqueros e intentó bajárselos. Karim levantó las caderas, el pantalón bajó por las piernas y él terminó de quitárselo con los pies antes de colocarse, poderoso, ardiente y turgente, entre sus muslos separados. Estaba entregada, desnuda y deseosa. No sintió ese miedo que creyó que podría hacerle vacilar. Sin embargo, Karim sí se detuvo, tomó una bocanada de aire y la miró a los ojos.

–Es tu primera vez... –el tono ronco de su voz le indicó lo mucho que estaba costándole dominarse para hacerle la pregunta–. ¿Estás...?

–Sí.

Lo besó ardiente y apasionadamente para silenciar la pregunta que iba a hacer. Él no tenía que preguntarlo, pero ella sí tenía que impedir que dudara por un segundo que eso era lo que quería.

–No puedo estar más segura. ¡He esperado demasiado... tiempo!

La última palabra fue un grito de asombro y placer cuando Karim liberó la voracidad que lo dominaba y entró con una facilidad asombrosa en la cálida humedad que lo esperaba.

–¿Bien...? –susurró él con la respiración entrecortada.

Ella solo pudo asentir con la cabeza una y otra vez mientras se abría a él para sentirlo más dentro.

–Sí... –consiguió decir Clemmie cuando él cambió un poco de posición para empujar con más fuerza.

Sintió un dolor que la dejó sin respiración y le clavó las uñas en los hombros con los ojos muy abiertos, pero enseguida se relajó y contoneó las caderas lentamente al principio y más deprisa cuando él aumentó el ritmo de las embestidas.

¡Era suyo! Se lo repitió una y otra vez mientras se dejaba llevar por la oleada de sensaciones que se adueñaba de su cuerpo y que la elevaba hacia algo tan maravilloso que no se atrevía ni a imaginárselo. Era suyo y ella era de él, de él, de él...

Entonces, ya no pudo articular palabras y solo pudo sentir. Fuera lo que fuese lo que había sido inalcanzable, estaba arrasándola y arrastrándola fuera de ese mundo. Se entregó, se dejó llevar a un mundo deslumbrante donde solo estaban Karim, ella y todas las sensaciones que habían creado entre los dos.

Capítulo 12

DEVORADOS por el ardor y la satisfacción plena, el agotamiento acabó adueñándose de ellos y se quedaron dormidos hasta que el sol de finales del invierno empezó a asomar por detrás de la ventana. Clemmie abrió los ojos, se movió un poco con cautela para quitarse de encima el revoltijo de mantas, sonrió con deleite al acordarse de la noche de pasión y miró la cabeza de Karim, que descansaba sobre los almohadones arrugados con un brazo al lado.

Karim, su amante y su amor, el hombre que la había hecho suya por completo. Las cicatrices de su pecho le parecieron en carne viva y se le encogió el corazón al pensar en su dolor y al acordarse de que se las había hecho al intentar rescatar a su hermano, sin conseguirlo. Le pasó la yema de los dedos por las despiadadas señales, oyó que él tomaba aliento entre los dientes y levantó la cabeza para mirarlo a los ojos.

−¿Te he hecho daño? Lo siento...

−No.

Él le agarró la barbilla con firmeza y delicadeza a la vez y acercó la cabeza a la de ella hasta que pudo sentir la calidez de su aliento.

−No −repitió él mirándola fijamente a los ojos−. No

me mas hecho daño, pero me sorprende. Soraya no soportaba las cicatrices.

Ella sabía que había habido otras mujeres antes que ella, pero sintió una punzada en el corazón al oír su nombre.

–¿Por qué? Te las hiciste con honor.

La palabra cayó en un pozo de silencio y su mundo se tambaleó un instante, pero enseguida volvió a ese punto donde no tenía sentido del equilibrio. Se había alegrado tanto de verlo reaparecer en su vida que no había podido pensar antes de abalanzarse entre sus brazos. Su contacto había sido como acercar una llama a la mecha de un explosivo, la había devastado al instante y había acabado con cualquier posibilidad de que pensara racionalmente. Se había entregado a él una y otra vez sin protegerse el corazón. Sin embargo, en ese momento sí podía pensar y cayó en la cuenta de que no tenía ni idea de por qué había ido allí, aparte de por el deseo desbordante. Le había dicho que había cruzado medio mundo para eso, pero ¿había viajado hasta tan lejos solo para eso? ¿Era suficiente, independientemente de lo mucho que la hubiese deseado?

Efectivamente, la había deseado. Todo su cuerpo seguía vibrando por la satisfacción tan plena que había vivido, algunas partes de su cuerpo le dolían, tenía los tejidos más íntimos agradablemente irritados como prueba de su iniciación, como prueba del deseo de un hombre, de ese hombre, como prueba del anhelo que su cuerpo había sentido por ella, y del de ella por él.

Sin embargo, él ya lo había sentido antes y no había hecho nada porque ella estaba prometida a otro hombre y su honor se lo impedía. En ese momento, ya no estaba vedada, los dos eran libres... ¿Para qué? Para hacer lo que quisieran. Ella sabía que eso, esa pasión abrasadora que habían compartido, era lo que Karim había querido desde el principio. Él nunca le había ofrecido nada más, pero ella sí había anhelado más. Si él no podía ofrecerle nada más, ella tendría que encontrar la fuerza para conformarse con lo que le había dado.

Inquieta e incómoda, se soltó la barbilla de la mano de Karim, se incorporó tapándose los pechos con una manta y miró las ascuas de la chimenea conteniendo las lágrimas que le escocían lo más profundo de los ojos.

–Clemmie...

Notó que Karim también se movía, que se separaba de ella y que se apoyaba en el brazo del sofá.

–¿Qué pasa?

–Nada.

Lo dijo en voz baja y grave y con muy poco convencimiento. Por eso, no se sorprendió cuando oyó la réplica de Karim.

–¡Mentirosa!

Él lo exclamó en un tono medio burlón, pero la otra mitad del tono se le clavó en el alma. La yema de un dedo le acarició la nuca y bajó por la espalda. Se estremeció por la caricia que le despertó otra vez la reacción física que creía que estaba sofocada. Sin embargo, parecía seguir ahí, debajo de la superficie, esperando el más leve contacto para nublarle la cabeza, pero tenía que pensar.

–¡No lo hagas!

Se apartó con una brusquedad que no había que-

rido tener. La delicada caricia había sido como el ara-
ñazo de una espina en los nervios que tenía tan cerca
de la superficie. Supo que había cometido un error
cuando notó la tensión del poderoso cuerpo que tenía
detrás y la mano se quedó inmóvil.

–¿Qué pasa? –preguntó Karim en un tono algo in-
cómodo–. ¿Te hice daño?

–No, claro que no me hiciste daño.

Al menos, en el sentido al que él se refería. Había
sido un amante, delicado y considerado cuando ella
había necesitado que lo fuera y entregado cuando lo
que menos quería era que fuese delicado.

–Quiero decir, naturalmente, fue un poco... complicado al principio... pero nada más. Te deseaba y
deseaba esto.

Se quedó en silencio y supo que él no iba a darse
por satisfecho. Esperó lo que llegaría después con un
nudo de nervios en las entrañas.

–Entonces, ¿qué es lo que no estás contándome?
¡Mírame!

Fue una orden que ella no se atrevió a desobede-
cer. Si se daba la vuelta, él podría ver la verdad que
tenía que reflejarse en su cara, pero, si no se daba la
vuelta, él sabría que pasaba algo y no pararía hasta
que descubriera qué era. Hacía cinco días, le había
dicho que lo amaba y había tenido que ver que él le
daba la espalda y se alejaba de ella. Creía que no podría soportar que eso volviera a pasar.

–Lo siento... –consiguió reunir fuerzas y se dio la
vuelta para mirarlo con una sonrisa que esperó que
fuese convincente–. Yo solo intentaba... asimilar todo
lo que ha pasado.

Si lo miraba a los ojos, no podría seguir, y por eso

se obligó a concentrarse en los rizos de su pecho, que subían y bajaban al ritmo de su respiración, una respiración profunda y pausada, al contrario que la de ella.

—Al fin y al cabo, no hace ni quince días yo estaba aquí haciendo el equipaje y sabiendo que solo faltaban unos días para mi cumpleaños y mi boda. Entonces, tú apareciste en mi puerta.

Ella habría jurado que algo había hecho que él reaccionara por un segundo, como si los latidos de su corazón se hubiesen alterado mínimamente.

—Y luego, tú desapareciste por la ventana para ir a ver a ese niño.

Karim se acordó de que, cuando llegó, el niño estaba abrazándola con todas sus fuerzas. Entonces, cuando él apareció, su amiga le puso el chaquetón al niño y se marcharon precipitadamente. Sin embargo, había tenido tiempo para fijarse en su pelo oscuro y en el rostro que era casi idéntico al que tenía delante en ese momento. La expresión de Clemmie le indicó claramente que tenía razón.

—Ella lo llamó Harry —siguió él sin alterarse—. Además, el primer día, cuando intentaste ganar tiempo para ir a ver a alguien, empezaste a decir su nombre y te callaste.

Él no necesitaba que ella dijera nada. El brillo de las lágrimas a la luz de la lumbre lo decía todo.

—¿Es tu hermano?

Ella asintió lentamente con la cabeza.

—Mi madre se escapó de mi padre cuando se dio cuenta de que estaba embarazada —explicó ella con una voz vacilante que fue ganando confianza a medida que contaba la historia—. Le aterraba que vendieran a su hijo para otro matrimonio, como habían hecho conmigo, y estaba decidida a que no le pasara nada parecido. Ella sabía que estaba enferma y lo entregó en adopción. Desgraciadamente, murió poco después de que él naciera.

–Entonces, ¿viniste aquí para buscarlo?

Había ido para encontrar al único miembro de su familia y no, como había dicho su reputación, para ser libre y divertirse antes de casarse.

–Sí. Descubrí su existencia cuando me enteré de que mi madre había venido aquí, a la casa de campo de mi abuela, antes de que muriera. Me dejó una nota que me decía quién había adoptado a Harry y que tenía que verlo al menos una vez, pero que no podía decírselo a nadie.

Clemmie se estremeció y a él le pareció un reproche sin palabras. Se había concentrado tanto en cumplir con su deber, se había guiado tanto por su código de honor que no había reparado en el efecto que había tenido en ella, en que iban a arrebatarle la vida. Los matrimonios concertados eran muy habituales en su mundo y no se había parado a pensar en ello hasta que se había encontrado con ese.

–Si mi padre se hubiese enterado, no habría vacilado en recuperarlo y en utilizarlo para sus propios fines.

–No seré yo quien se lo diga –Karim le tomó las manos temblorosas y la miró a los ojos–. Ahora estás bajo mi protección y tu padre no volverá a tocarte.

Ella dejó escapar una risotada temblorosa y amarga.

–Estará encantado si no vuelve a saber nada de mí. Nabil me ha repudiado y, para mi padre, mi reputación está por los suelos. Arrastro conmigo la sombra del escándalo.

Una rabia gélida lo atravesó como una daga de hielo y la abrazó con fuerza. Sintió un arrebato de deseo en cuanto las pieles se tocaron, pero tenía que sofocarlo antes de que le impidiera pensar. En ese momento, tenía que pensar, tenía que saber.

—Si yo hubiese sabido que el esbirro de Ankhara se había enterado de la noche que pasamos juntos...

La cabeza morena que se apoyaba sobre su corazón tembló ligeramente y él notó la tensión de ese cuerpo esbelto que abrazaba.

—No la pasamos... juntos.

Aunque ella lo hubiese intentado. En ese momento, cuando podía oler su piel, cuando la sentía bajo sus manos, no podía entender cómo se contuvo, cómo pudo negarse ese placer y esa satisfacción, pero ¿podría haber alguna vez algo más que eso?

—¿Por qué no le dijiste a Nabil que todavía eras... inocente y que no había pasado nada?

—¿Se lo habría creído?

Clemmie se dio cuenta de que no se había equivocado. Los latidos que notaba debajo de la mejilla se habían alterado. Estaban tan juntos que era imposible que le pasase desapercibido que él estaba excitado y dispuesto como si no hubiesen hecho el amor en toda la noche. Además, saberlo estaba consiguiendo que ella también reaccionara, que se le humedecieran los pliegues entre las piernas, que el pulso se le alterara al ritmo del corazón de Karim. Solo tendría que levantar la cabeza, que besarlo, que acariciarle los costados y la turgente erección debajo de las mantas. Podría incitarlo a hacer el amor y se ahorraría esa conversación incómoda y complicada. No se arriesgaría a oírlo decir que había hecho todo eso para nada, que ella se había jugado el porvenir y la reputación para librarse del contrato que la ataba a Nabil a cambio de unas noches de pasión abrasadora, de una aventura sexual que no iba a ninguna parte.

–¿Cómo iba a decirle eso cuando habría sido mentira? Cuando le habría bastado mirarme a los ojos para saberlo.

Sí había pasado algo. Algo que le había cambiado la vida y que la había cambiado a ella completamente. Después de aquella noche con Karim, nunca podría volver a ser la misma mujer. No había cambiado por el sexo, aunque podría haberlo hecho. Si él le hubiese hecho el amor entonces, no la habría cambiado más que limitándose a ser él mismo, siendo el hombre del que se había enamorado.

Se había engañado a sí misma para creer que podría sobrellevar el matrimonio que le habían concertado. Se había dirigido sonámbula hacia un destino que no conocía de verdad. Nunca había sabido de verdad lo que podía sentir el corazón de una mujer, lo que era posible entre un hombre y una mujer, lo que significaba de verdad estar enamorada y lo poderoso que podía ser ese sentimiento.

–Sí había pasado algo y no podía fingir lo contrario.

Algo tan devastador como la erupción de un volcán que arrojaba lava a la atmósfera. La había cambiado para siempre y había sabido que no podría disimularlo.

–Le dije que ya no era la mujer que él creía que era, que no podría ser la esposa que él quería –intentó reírse con ironía, pero la risa se le quebró–. Resultó que, en cualquier caso, no era la esposa que él quería.

Me lo agradeció muchísimo porque había estado buscando una excusa para no seguir adelante con nuestro matrimonio y casarse con Shamila. Al parecer, ella ya está embarazada de él.

Karim suspiró y ella levantó la cabeza, pero volvió a bajarla. Sabía que la única forma de saber lo que estaba pensando era mirarlo a los ojos e intentar interpretar lo que viera, pero todavía no tenía valor para hacerlo.

–Podrías haber sido una reina –replicó él con la voz ronca–. Rechazaste un reino... ¿A cambio de qué?

No se atrevió a decir que a cambio de amor.

–No lo quería. Creo que no estoy hecha para ser reina.

–A mí me enorgullecería que fueses mi reina.

Clemmie creyó que le iba a explotar la cabeza. ¿De verdad había dicho...? Sin embargo, Karim estaba levantándola y tenía que mirarlo a los ojos.

–¿Por qué no acudiste a mí?

Lo pensó, pero no fue capaz. Si Karim y ella iban a tener un porvenir, él tendría que acudir voluntariamente a ella. El corazón se le subió a la garganta al pensar que había hecho precisamente eso. Sin embargo, ¿había aparecido allí por algo más que el deseo?

–Porque, al saber que mi reputación estaba arruinada, tu sentido del honor te habría obligado a casarte conmigo.

Karim asintió con la cabeza sin decir nada.

–¿Era eso lo que querías? –siguió ella–. ¿Querías que acudiera corriendo a ti?

–Me dijiste que me amabas. ¿Acaso no era verdad?

Clemmie se apartó de él y se envolvió más con la manta. La necesitaba como una especie de armadura que la sujetara cuando creía que podía empezar a desmoronarse por dentro. Levantó la barbilla con un gesto desafiante y apretó los dientes.

–Te dije que te amaba, pero tú no dijiste nada, solo te aferraste a tu honor. ¿Debía aceptar lo poco que podías ofrecerme? ¿Tenía que aceptar esto?

Ella hizo un gesto para señalar el revoltijo de mantas y los almohadones aplastados donde todavía permanecía el olor de sus cuerpos. Ese gesto hizo que la manta que la cubría estuviese a punto de caerse, pero se dio cuenta de que le daba igual.

–Y no pedir nada más porque te amaba –añadió ella.

–¿Me amabas?

Ella no supo qué contestar ni qué le había preguntado. ¿Era posible que él creyera que su amor no había sido tan fuerte como ella había dicho que era?

–¿Tu amor no duró ni una semana, Clemmie?

Pareció casi como si estuviese provocándola, pero el tono fue algo áspero y la miró con los ojos entrecerrados.

–Es más de lo que tú me diste, más de lo que tenías para mí...

Él cerró los ojos y sacudió la cabeza. Cuando volvió a abrirlos y la miró, fue como si le hubiese lanzado un dardo al corazón.

–No, Clemmie. No fue así. No sabía qué estaba pasándome. Esa noche, la primera noche que pasamos aquí, me cautivaste y no he podido librarme de ti. Esa noche estuve a punto de volverme loco, como no me había pasado jamás, y no he vuelto tener el control de nada desde entonces. Había hecho una promesa a mi país, a mi padre, y tenía que cumplirla. Tuve que marcharme. Al hacerlo, mantuve el honor, pero te perdí a ti. Entonces, me enteré de que habías desafiado a Nabil, de que le había dicho que había alguien más. Recé para que fuese yo. Tuve que venir para saber si seguías sintiendo lo mismo que entonces.

Había dicho que había cruzado medio mundo para eso y que no pensaba abandonar en ese momento, pero no había dicho qué era eso.

–¿Has venido por alguien que ha perdido la reputación? –preguntó ella en un tono peligrosamente vacilante–. ¿Qué será de ese honor tan importante para ti?

Karim sacudió la cabeza con vehemencia para rechazar su hiriente pregunta.

–Me da igual mi honor cuando estoy contigo.

–¿Esperas que te crea?

Esos ojos negros volvieron a mirar el revoltijo del sofá y luego la miraron a ella con la calidez de una caricia.

–¿Qué fue eso...? ¿Qué fue toda la noche?

–Eso fue... solo sexo.

–¿Solo sexo? –preguntó Karim tomándole una mano–. Para mí, eso nunca será solo nada. Al menos, contigo. En la ceremonia del matrimonio se habla de «mi cuerpo que venero». ¿Qué es venerar sino honrar? Quiero honrarte, venerarte con mi cuerpo el resto de mi vida si me lo permites.

Se llevó la mano de ella a la boca y le dio la vuelta para besarle la palma. Fue un gesto tan delicado que le desgarró el corazón y ella supo que eso era lo que también quería para el resto de su vida.

–Clemmie... –Karim la miró a los ojos por encima de la mano–. ¿Me lo permitirás? ¿Te casarás conmigo?

Ella no quería hacer la pregunta, pero era ineludible. Si él no la contestaba como ella necesitaba que la contestara, ¿cómo iba a casarse con él por mucho que lo amara? Acababa de escaparse de un matrimonio sin amor, ¿cómo iba a atarse a otro?

–¿Por... por una cuestión de honor?

Ella había esperado, había rezado para que lo negara, pero él asintió lentamente con la cabeza.

–Sí, por una cuestión de honor, pero no como tú lo interpretas.

–¿Qué otra manera hay? Tu honor te exige que te cases y...

Y ella no aceptaría porque necesitaba mucho más. Sin embargo, había una sombra en su corazón, una debilidad, que la apremiaba para que aceptara.

–No se trata de mi honor –contestó Karim en un tono grave y profundo–. Mi honor ya no importa nada en todo esto. Lo que importa es el honor que me harías si aceptaras ser mi esposa. No puedo imaginarme a otra mujer a la que desearía tanto, a otra mujer a la que amaría tanto.

Amor... ¿Había hablado de amor? ¿Podía creérselo?

–¿Amor...? –preguntó ella con incredulidad.

–Sí, amor. Te amo y te he amado casi desde que te conocí. Lo supe cuando te escapaste por la ventana y fuiste con Harry... y cuando yo, a pesar de todo lo que me había enseñado mi adiestramiento, esperé. Esperé a que volvieras como habías prometido que harías. Supe que volverías, deseaba que lo hicieras. Te deseaba a ti –Karim lo dijo en un susurro que transmitía sinceridad en cada palabra que decía–. Te deseaba más que a ninguna otra mujer que haya conocido, pero era algo más que eso. Deseaba que fueses libre para ser la mujer que realmente eras. Estábamos atrapados en una situación que no podíamos dominar. La maquinación de tu padre, los tratados políticos y la deuda de honor de mi familia nos tenían atrapados. Yo no podía liberarnos, tú fuiste la única que pudo hacerlo cuando le dijiste la verdad a Nabil –le tomó la mejilla con la palma de la mano para que ella notara el temblor de los dedos, lo que le indicó lo sincero que era–. Clementina, eres mi amor, mi honor. Eres todo lo que quiero en la vida, todo lo que necesito, pero no soy nada sin ti. Te amo y quiero amarte hasta el final de mis días. Por favor, dime que tu amor sigue ahí, dime que te casarás conmigo y que harás que el resto de mi vida sea plena.

Solo podía contestar de una manera a eso. Inclinó la cabeza hacia un lado para juntar más su mejilla a la mano y lo miró a los ojos con una sonrisa.

–Lo haré, mi amor. Será un honor ser tu esposa.

Acepte 2 de nuestras mejores novelas de amor GRATIS

¡Y reciba un regalo sorpresa!

Oferta especial de tiempo limitado

Rellene el cupón y envíelo a
Harlequin Reader Service®
3010 Walden Ave.
P.O. Box 1867
Buffalo, N.Y. 14240-1867

¡Si! Por favor, envíenme 2 novelas de amor de Harlequin (1 Bianca® y 1 Deseo®) gratis, más el regalo sorpresa. Luego remítanme 4 novelas nuevas todos los meses, las cuales recibiré mucho antes de que aparezcan en librerías, y factúrenme al bajo precio de $3,24 cada una, más $0,25 por envío e impuesto de ventas, si corresponde*. Este es el precio total, y es un ahorro de casi el 20% sobre el precio de portada. !Una oferta excelente! Entiendo que el hecho de aceptar estos libros y el regalo no me obliga en forma alguna a la compra de libros adicionales. Y también que puedo devolver cualquier envío y cancelar en cualquier momento. Aún si decido no comprar ningún otro libro de Harlequin, los 2 libros gratis y el regalo sorpresa son míos para siempre.

416 LBN DU7N

Nombre y apellido	(Por favor, letra de molde)
Dirección	Apartamento No.
Ciudad	Estado	Zona postal

Esta oferta se limita a un pedido por hogar y no está disponible para los subscriptores actuales de Deseo® y Bianca®.
*Los términos y precios quedan sujetos a cambios sin aviso previo.
Impuestos de ventas aplican en N.Y.

SPN-03

Deseo

CLÁUSULA DE AMOR

LAUREN CANAN

Debido a una escritura de dos-
cientos años de antigüedad,
Shea Hardin, encargada de un
rancho de Texas, debía casarse
con el rico propietario de la tierra, Alec Morreston, para salvar
su hogar. Accedió y juró que
aquel matrimonio lo sería solo
sobre el papel.

Pero había subestimado a aquel
hombre. Una mirada al cortés
multimillonario bastó para que
Shea supiera que mantenerse
alejada de la cama de Alec iba a

ser el mayor reto de su vida. Sus labios ávidos y sus ex-
pertas caricias podían sellar el trato y su destino.

¿Le arrebataría el corazón y la tierra?

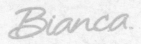

Acababa de descubrir que era la madre de su hijo...
así que tendría que convertirla en su esposa...

Maribel siempre había in-
tentado ver con pragmatis-
mo la noche de pasión que
había pasado con Leonidas
Pallis. Entonces, ella no era
más que una muchacha tí-
mida y rellenita que había
quedado cautivada con el
guapísimo magnate griego,
para el que seguramente
solo había sido una más.
Lo que él no sabía era que
se había quedado embara-
zada.
Pero ahora Leonidas había
vuelto y no tardó en descubrir que tenía un hijo. Deseaba lo que era suyo...a su
pequeño y a Maribel. Pero
ella no estaba dispuesta a
estar disponible siempre
que él lo deseara...

Cautiva del griego

Lynne Graham